山崎ナオコーラ

趣味で腹いっぱい

河出書房新社

趣味で腹いっぱい　目次

趣味で腹いっぱい

1
趣味の発見

「どんな種類の野菜でもいいから、何かしら、いびつな野菜を買って帰ってくれたら嬉《うれ》しい」

仕事帰りに、「買物して帰るよ。買ってきて欲しいものはある？」と電話をかけると、妻の鞠子《まりこ》から要求された。

小太郎《こたろう》はネクタイを締めたスーツ姿でスーパーマーケットの野菜売り場に立つ。左手にプラスティック製のカゴを提《さ》げ、右手はまっすぐに野菜へのばす。

黄緑色のアスパラガス、ベージュのジャガイモ、焦《こ》げ茶色のタケノコ……。種類ごとに分けられたブースに、きれいに並んでいる。同じブースの中にある野菜は、みんな似た形だ。歪《ゆが》んだものは仕入れないという決まりがあるのだろう。

なぜ妻はいびつな野菜を欲しがっているのか。食べるためではないだろう。小太郎に思いつく理由は、「芸術のため」だ。古今東西、いびつな野菜を欲しがる理由はそれしかない。絵を描くつもりに違いない。つき合って二年、結婚して三年、これまで妻が描いた絵やイラストを小太郎は見たことがない。しかし、妻が絵を描きたがっている感じは受け取っていた。

どうして絵を描きたがっているのだと思うのか。まず、妻は気分を変える方法を探っているに違いないから。第二に、今の暮らしの中で暇をもてあましていると察せられるからだ。

「うん、鞠子のため、いびつな野菜を買ってあげたい」

小太郎はひとりごちた。スーパーマーケットにはなくても、畑の横にある無人販売所にはあるのではないか。しかし、もう夕闇が迫っている。畑のある辺りまで歩いていくのは大変だし、行ったところで野菜が残っているかどうかわからない。仕方なく、見た限りでは一番曲がっているタケノコを選んでカゴに入れ、会計を済ませてマンションに帰った。

靴を脱ぎながら小太郎は、

「アートでしょう？　絵を描くんでしょう？」

玄関に迎えに出てきた鞠子に尋《たず》ねた。

「あはは。芸術でも工芸でもない」

鞠子は首を振る。

「じゃあ、何？」

小太郎が質問を続けると、

「趣味だよ」

鞠子は簡単に答えた。

「え？　趣味って、アートの一種じゃないの？」

小太郎は聞き返した。

「いや、趣味はアートではない。アートと考える人もいるかもしれないけれど、私は別物だと思う。そう、私、趣味を始めることにしたの」

鞠子は小太郎が差し出したエコバッグを受け取って、リビングルームへ向かう。

「えーと、油絵かな？」

小太郎は鞠子の背中を追いかけて廊下を歩く。

「いや」

鞠子は首を振って、ちゃぶ台の前に座った。ちゃぶ台には真っ白な葉書の束と水彩絵の具の箱と筆とパレットと水入れが置いてあった。

「あ、絵手紙だ。絵手紙を描くんでしょう？」

「うん」

「意外だなあ」

「そう？」

「こういうのは、もっと年を取ってからやる趣味だと思っていた」

「なんでさ？」

「だってさ、テレビや雑誌に出てくる絵手紙の描き手はみんな『お年寄り』じゃない？」

小太郎は指摘した。小太郎は三十四歳で、鞠子は二歳下の三十二歳だ。もう若者ではないが、絵手紙という趣味から小太郎が想起する「お年寄り」という年代ではない。もっと三十代らしい趣味があるのではないか。

「年代で区切って趣味を選ぶなんて、不自由じゃないか。趣味の世界は開かれているよ。誰だって、どんな趣味を始めても良い自由を持っているんだ。……おお、タケノコか。いいよ、生命力あるよ」

鞠子はエコバッグをごそごそとやってタケノコを取り出した。

「ごめん、いびつなものはなかったんだよ」

小太郎が謝《あやま》ると、

「仕方がないな、腕でなんとかしよう」

鞠子は笑う。

「わざと、いびつに描くの？　どうして？」

小太郎が首を傾《かし》げると、

「うーん、だって、みんなそう描いているよ？」

鞠子は買ったばかりらしい『趣味の絵手紙』という本をパラパラめくって見せてきた。

その本には、様々な描き手による何枚もの絵手紙が載っていた。どれもほとんど同じタッチに見える。野菜、雑貨、景色、花……、様々な題材のすべての絵が、葉書いっぱいに広がる大胆で歪んだ線で表され、雰囲気のある曖昧《あいまい》な色合いで、雑に塗《ぬ》り残《のこ》しを作って、彩色されている。そして、余白に短いポエムが、味のある文字で書き添えられている。小太郎にセンスがないから見分けがつかないだけなのかもしれないが、描いている人たちに「新機軸を打ち出そう」だとか「人と違うことをやろう」だとかという欲がないことがうかがえた。

「確かに、アートではないのかな？」

小太郎は呟《つぶや》いた。小太郎は、月に一度は美術館へ出かける程度には美術好きだ。絵手紙の描き手の全員がアートを志していないのかどうかまではわからないが、少なくともこの本に載っている三十人ほどの描き手たちは、芸術ではなく、自身の心の充足や、人との繋《つな》がりを求めている。

そう、この本をパラパラと見た感想は、「楽しそう」だ。

「楽しくやるってことだけに集中したいんだね？　なるほどなあ」

「努力の先に何があるわけでもないのがいい。上を目指さない。競争をしない。そこが素敵だな、と思ったの。『趣味を始めたいなあ』って、書店をうろうろしていたら、この本を見つけたんだ」

にこにこと鞠子は本を肘《ひじ》で押し広げる。

「でもさ、趣味を始めたいときって、書店へ行くよりも、公民館だとかカルチャーセンターだとかを覗《のぞ》いた方が実りあるんじゃない？　よく、『参加者募集』っていう張り紙があるよね？　そういう集まりに参加させてもらったらいいと思うけどなあ。絵手紙がやりたいんだったら、絵手紙教室や絵手紙サークルもあるに違いないよ。年の離れた友だちができるかもよ」

小太郎は指摘した。

「そのうち、そういうサークルに参加したいとも思うけれど、……でもさ、緊張するじゃないの」

鞠子は眉根《まゆね》を寄せた。人づき合いが苦手なのだ。

「え？　だって、そもそも趣味っていうのは、交流を求めてやるものなんじゃないの？」

「そうかなあ？　友だち作りの手段としてしか趣味を見ない人は、純粋な趣味人じゃないと思う」

そう言いながら鞠子は絵の具のチューブを絞り、黒や赤や黄色や青の点々をパレットに作った。筆に水分を含ませて、パレットの上で黒の絵の具を広げる。まず輪郭を描く。

鞠子はタケノコに顔を近づけ、じっくりと見ながら、皮の重なりを葉書に写し取っていった。すると、本当にいびつな形になった。

「あのさ、この本を見る限りだと、輪郭って本当は墨《すみ》で描くんじゃないかなあ？」

小太郎は指摘した。

「え？　そうなの？」

「だって、黒色の感じがさ、ほら、絵の具の黒色とは違う」

「本当だ。墨の色だ」

「それに、筆がさ……。ほら、この人たちは絵筆じゃなくて、木の枝を削って墨を付けて描いているみたいだよ」

「本当だ。私、本をパラパラと見て、大体わかったと思って、自分の感覚で始めてしまった」

鞠子は肩をすくめた。

「やっぱり、ちゃんとした先生について、教わった方がいいんじゃないのかなあ」

「そうか」

「まあ、でも、これは試しに描いた一枚目だから、自分の思う形で、とりあえず完成させたら？」

小太郎がえらそうにアドヴァイスすると、

「うん」

鞠子は素直に頷《うなず》いた。さらにタケノコの皮を描き足し、しゃちほこのように曲がった形になったところで黒の絵の具を止め、筆を洗って、赤や黄色や青をふんわり混ぜる。タケノコを紫を基調としたファンタジックな色合いに仕上げた。

「横に文字を書くんでしょう？」

小太郎が余白を指差すと、

「そうだよ」

鞠子は頷き、また筆を洗い、黒色の絵の具を付けて、葉書の余白に「小太郎さんと楽しく暮らしています」と書き込んだ。

「あれ？　タケノコにまつわるポエムじゃないの？」

小太郎が尋ねると、

「え？　だって、手紙でしょう？」

きょとんとした顔で鞠子は言った。

「そうか。誰かに送るんだ？」

「うん、お母さんに送る」

鞠子の母親はアンナという名前だ。見た目も経歴も和風なので、なぜそんなハイカラな名前なのか謎だ。ただ、自分で染《そ》めた服を着て、オモチャのようなイヤリングを耳に下げ、おしゃれを楽しんでいるアンナは、六十五歳という実年齢より大分若く見え、名前はよく似合っている。小太郎も鞠子も、アンナのことを「アンナさん」と呼んでいる。

鞠子の母方の祖母も祖父も、母親のアンナも、鞠子自身も、東京で生まれ育った。アンナは相変わらず東京に住んでいる。昨年に鞠子の父親、つまりアンナの夫が大腸がんで亡くなり、そのあとすぐにひとり娘の鞠子が夫の小太郎の転勤により東京を離れることになったので、アンナが寂しい思いをするのでは、と鞠子はひどく心配した。

小太郎も東京育ちで、東京で就職をして、鞠子との新婚生活も東京で始めて、ずっと東京にいたわけだが、銀行は支店が全国各地にあるので、「いつかは東京を離れるだろうな」とは思っていた。

小太郎と鞠子は二人で埼玉へ越してきた。鞠子は小太郎についてきたことに納得しているようだったが、日々、アンナが元気なのかどうか、気になって仕方がないらしい。

だから、葉書を送ろうと考え、しかし、大した理由もないのに葉書を出すのは気恥ずかしいと逡巡《しゅんじゅん》した。そんな折、絵手紙というアイデアを書店で得て、何かしらの絵を添えて照れ隠しをしようとしたのに違いない。

そうか、絵手紙はそういう目的だったのか。

いや、きっと鞠子だけではないだろう、と小太郎は想像した。

絵手紙には手紙という本来の役割がある。アートは「芸術の神様」のような存在に捧《ささ》げられるが、手紙は特定の人に向けられる。アンナや小太郎にのみ効力を発する、この曲がったタケノコの絵のようなものを、たくさんの人が作っている。それが趣味だ。

超高齢化社会の日本で、これからは仕事をする人の割合が減り、趣味人の人口が増える。趣味が流行《はや》るに違いない。

ただ……、と小太郎は本棚の上に飾っている額縁《がくぶち》を見上げた。「働かざるもの、食うべからず」。これは小太郎の父、大二郎《だいじろう》が書いたものだ。

2 二人の道のり

小太郎は幼少時代から、父親の大二郎の「労働は尊い」という考えを耳にしてきた。

食事をしながら度々大二郎が「働かざるもの、食うべからず」と呟くので、「僕は仕事をしていないのにごはんを食べさせてもらって、悪いな」と思った。

小学校三、四年生ぐらいの頃だろうか、大二郎が家にいない時間に、そっと母親の美琴《みこと》にその思いを吐露《とろ》すると、

「お父さんは、自分に自信を持ちたいから、『俺は仕事をしてえらいんだぞ』って、口に出しているだけよ。自分のごはんをおいしく食べるために、『俺は働いたからごはんを食べられるんだ。自分は働いてえらい。働ける自分は、幸せだ』って自分に言い聞かせているの。小太郎ちゃんに言っているわけじゃないのよ」

美琴は一笑に付した。

ただ、サラリーマンの大二郎はお代わりをするとき、まるで周囲の人を圧迫するかのように、「居候《いそうろう》、三杯目にはそっと出し」と言いながら、にこにこと茶碗《ちゃわん》を差し出すこともあ

った。主婦の美琴は、炊事、洗濯、掃除、そしてごはんをよそうのも、家事はすべて行っていた。大二郎がお代わりを要求すると、その茶碗を黙って受け取り、白いごはんをこんもりとよそう。美琴の茶碗は小さくて桜の模様が付いている。美琴がお代わりをすることは滅多になかったが、たまにお代わりするときは自分でこっそりとよそっていた。一方、大二郎の茶碗は大きくて、「人生七転び八起き」という文字とダルマのイラストが横に付いている。健啖家《けんたんか》の大二郎は明太子や漬物などと共に毎食二、三杯はごはんを食べた。

小太郎は、「居候」という言葉の意味がいまいちわからなかったので、あるとき、皿洗いをしている美琴にそっと尋ねてみたところ、

「昔は、収入がなくて住む家のない人が、他人の家に住まわせてもらうことがあったのよ。おおらかな時代だったのねえ。そういう人のことを『居候』っていうんだけど、どんなに優しくされても、居候をしている側からしたら気兼ねなく暮らすってわけにはいかないじゃない？　他の人が働いて得たお金で生活するって肩身が狭いでしょう？　だから、まあ、二杯目まではにこにこ食べても、三杯目のお代わりのときは、家の主人の顔色をうかがいながら、遠慮がちに茶碗を出したってわけ」

美琴は説明してくれた。

「えー、働いていないのに家に住む人を居候って言うんだったら、じゃあ、お母さんも居候なの？　お父さんが家の主人なの？」

小太郎の無邪気な質問に、

「お母さんは、一応、おうちの仕事をしているでしょう？」

美琴は小さな声で否定した。

「おうちの仕事っていうのは、ごはんを作ったり、服を洗ったりすること？」

小太郎が質問を続けると、

「うん、そういうのも仕事って表現していいらしいんだけど……」

そう答えながらも、自信が持てないのか、美琴はそっと自分の頬《ほお》に手を当てた。

「そうかあ、そしたら、うちの居候は、僕と、草二郎《そうじろう》と亜美《あみ》だけかあ」

小太郎は、弟と妹の名前を出した。

「違うよ。小太郎ちゃんと草二郎ちゃんは、お勉強が仕事。亜美ちゃんは、今は大きくなるのが仕事」

小太郎と弟は学校で学ぶこと、就学前の妹は育つことが仕事だと美琴は言う。

「あれ？　なんか、おかしいなあ」

「何が？」

「だってさあ、だって」

「えー、何、何よ？」

「えっと、そういう風に考えるんだったらさ、大人になるために今があるの？　亜美は今、学校に上がるために生きているってこと？　そうして、僕と草二郎は、将来の仕事に役立つ勉強をしているってこと？」

「うん」

「え？　じゃあ、働くために勉強しているの？」

小太郎はびっくりした。すると、

「え？　そしたら、これまで小太郎は、なんのために生きていると思っていたの？　なんで勉強していたの？」

美琴も驚いた顔をして、聞き返してきた。

「なんで勉強しているのかはわかんなかったけどお、まさか、仕事のために勉強しているなんてさあ、はあ、なんかさあ、違うと思っていた……」

小太郎がうなだれると、

「うーん、がっくりされるとねえ、お母さんも改めて考えざるを得ないわねえ。……まあ、確かに、私も『お母さん』になるために少女時代を過ごしたわけじゃないわねえ」

まだ皿洗いの際の水滴が残っている腕を組み、美琴は考え込んだ。

「あのさあ、ともかくも今は、お父さんは会社の仕事、お母さんはおうちの仕事をやっているわけだよね。それは、お父さんとお母さんがこれからもっと大人になったときのためなの？」

小太郎は質問した。

「そうねえ、もっと大人になるわけじゃないけれど、将来のために今を頑張ろうとは思っているかな。安泰な老後を迎えたい気持ちはあるね。今のうちに頑張っておけば、貯金もできるし、社会的信用も得られるでしょう？」

「アンタイ……」

「おじいさんおばあさんになったときに幸せになりたいのよ」

美琴は簡単に説明した。

「そうかあ、老後のために生きているのかあ。お母さんは、おばあさんになったら、何をやりたいの？」

「いや、老後のためにだけでもないかなあ……。でも、そうねえ、おばあさんになって小太郎ちゃんたちが離れていったら、キルトを縫ったり、旅行をしたり、のんびり過ごして幸せになりたいね」

「あれ？　ということは、仕事は幸せじゃないのか」

「うーん。まあ、仕事そのものを幸せとは思えていなくても、仕事をしないと幸せになれないとお母さんは思っているよ」

「仕事……。お母さんの場合はおうちの仕事でしょ？　おばさんの間はつらくてもごはんを作って、おばあさんになってキルトをやったら幸せになれるんだね？　僕もそうしようかなあ」

小太郎は短パンから出た膝小僧《ひざこぞう》に手を置いて思案した。

「あ、ごめんね。お母さん、さっき、ちょっとだけ間違ったかなあ。家事も仕事だ、って言ったけれど、『仕事のあとのごはんはおいしい』だとか、『仕事があるから、他のことはできない』だとかというセリフを、お母さんは口にしたことがない。お父さんは言うでしょ？　でも、お母さんは言えない。だから、『家事を仕事だと表現してもいい』とは思っているけれど、堂々と『家事は仕事だ』とお父さんに向かって言う勇気までは持っていないのかも。だからねえ、やっぱり、労働の対価を直接にもらえる仕事の方がいいわよ。小太郎ちゃんには、おうちで家事をするよりも、会社勤めをして欲しい」

「ふうん」

「お母さんたちの世代は、『お金をもらう仕事をしないで幸せになった人』っていうのを、知らないのよ」

ちょっとため息をついてから、美琴はキッチンスツールに腰を下ろした。

「えー、働かないで幸せになった人もいるんじゃないかなあ？」

小太郎は首を傾げた。

「いいや、少なくとも、お母さんたちの世代にはいない。生涯で一度も稼いでいない人で、『幸せ』って言い切る人をお母さんは知らない。男の人でも、女の人でも。お母さんの世代には主婦も多いけれど、主婦は『稼いでいる』っていう実感がないからどうも寂しい、っていう人ばかりよ。お母さんもさ、本当は会社勤めを続けたかったのよ。会社勤めが無理なら、フリーランスでもなんでも、とにかくお金がもらえる仕事をしたいな、というのは少女時代には夢として持っていたね。でも、時代がね。言い訳かもしれないけれど、お母さんが若かったときは、女性が働く道はあんまり整備されていなかった。かなり頑張る人か、もともと才能がある人じゃないと進めない感じだったね。昔は、会社に入っても結婚を機に退社する女性ばかりだったから、ほとんどの会社で、女性の採用は事務職のみだったのよ。当時は募集要項に性別が書いてあったのよね。お母さんも、結婚前は事務をしていたの。事務職の女性で定年まで働き続ける人は稀《まれ》だったから、なかなか働き続ける道が見えなかったのよ。フリーランスの道なんて、もっと見えなかった。あきらめちゃった。そうして今はね、家事や育児が仕事だ、って、胸を張りたい気持ちもあるんだけれど、お父さんが『稼いでいる』って誇りを持つのと同じくらいのものはなかなか持てずにいるから、やっぱり、『会社勤めをするのが、自信を持つには一番の近道だ』と小太郎ちゃんには勧めたいのよ」

美琴は小太郎に喋《しゃべ》る体《てい》を続けながらも、だんだんと自分自身に向かって話しているみたいな口調に変わっていった。

「ふうん」

小太郎には理解が難しい話だった。

「もちろん、小太郎ちゃんたちのお母さんになれたことはすごく嬉しいのよ。でも、お父さんみたいに堂々とごはんを食べることはできていない気がする。だから、稼げる仕事をしていたら、もっと幸せになれたんじゃないかな」

「お母さんには幸せになって欲しい」

「ありがとう。でも、お母さんのことはお母さんが自分でなんとかするから、小太郎ちゃんは、将来、自分の奥さんを幸せにしてあげたら？　小太郎ちゃんが結婚するときは、奥さんにも仕事をさせてあげなさい」

美琴はきっぱりと言った。

「うーん、……うん」

小太郎は曖昧に頷いた。

大二郎の「働かざるもの、食うべからず」という言葉に対して、最初は反対の立場から笑い飛ばしている態度に見えた美琴だったのに、話を聞いていくと、どうやら結局のところは父親の考えを肯定しているらしい。家事をする人も稼ぐ仕事をする人と同等と捉えるべきだが、実際には自信を持ちにくいから、稼げる仕事に就いた方がより良い、妻にも稼がせた方がさらに良い、というのが美琴がこれまで生きてきた中で培った考え方らしかった。

小太郎は中学へ上がるとき、父親が墨で書いた「働かざるもの、食うべからず」という書をもらって、額縁に入れて自室の本棚の上に飾った。

早く稼げるようになって、親から認められたい。

だが、その書について考えていくうち、やがて疑問も湧《わ》いてきた。

よくよく周りを見渡すと、世の中には働きたくても働けない人がいる。病気を患《わずら》っていたり、家族の介護などの用事があったり、もっと他にも様々な事情がある。事情がある人たちはみんな不幸せなのだろうか。

どうも腑《ふ》に落ちないなあ、と小太郎は思った。でも、弟の草二郎が小太郎よりも先に反抗期を迎えて親に歯向かうようになったのを、まあ、まあ、となだめる役目を負うことになって反抗の機会を逸《いっ》し、その後も小太郎は親に対して自分の疑問を呈《てい》することはせず、のんびりと過ごした。「働かざるもの、食うべからず」に疑問は覚えるが、働かない方が良いと考える根拠はない。働かなくても食っていいいんじゃないかという気もするが、働けるなら働いた方がいいとは思う。ともかくも、「早く働きたい」という気持ちは小太郎の腹の底から湧いてくるので、努力するに越したことはない。

額縁に入った書を眺めると考え事ができるし、額縁を飾っておけば親に対して良い顔ができてちょうどいいので、そのままにしておいた。

そうして、小太郎は高校卒業後に銀行員になった。

稼ぎたいから働きたい、と思っていた小太郎にとって、金を扱う業務は面白かった。指でパラパラと札束を数えられるようになったときは嬉しかった。

初任給で美琴に財布、大二郎にキーケースを買って贈ったところ、とても喜ばれた。それからは家に金を入れることにした。小太郎の銀行で美琴が自身の口座を開設してくれたので、毎月そこに振り込んだ。それで、小太郎はごはんを食べやすくなった。うさぎの模様が付いた自分用の大きな茶碗を購入し、それによそってもらった。二杯目も三杯目も、高く掲げて、

「お代わり」

と美琴にアピールした。美琴は黙ってよそってくれた。

小太郎の仕事は営業で、個人宅や店舗などに赴《おもむ》いて預金の話をする。月ごとの目標を自分なりに立てて、それに到達するようにコツコツ頑張った。小太郎は、顔はかっこ良くないし、会話もスマートにできないが、朴訥《ぼくとつ》としたところがおばさんやおばあさんに気に入られやすく、営業職は向いていた。外回りが多い仕事だが、行内での業務も面白かった。たくさんの金を手にのせると、ずっしりと責任を感じ、「生きている」という実感を持てた。

その後、先輩に気に入られるために飲み会でゴマをすったり、昇進試験に向けて勉強したりして、少しずつ給料は上がった。

人間関係もそれなりに築き、上司からの評価は悪くなかった。ただ、学歴が「高校卒業」の小太郎は、そのうちに頭打ちがあることを薄々知るようになった。学歴社会が崩壊して、コミュニケーション能力重視の社会が訪れると言われて久しいが、依然として「大学卒業」の肩書きがある人とない人では、扱われ方が違う。

出世したいと思って銀行に入ったわけではないから、コツコツやること自体に喜びを見出して

続ければいいわけだが、なんとなく面白くない。「深く考えずに、『高卒後に働く』という道を選んじゃったなあ。大学に進学しとけば良かったかなあ。今からでも、受験勉強をして、働きながら、二部の大学に行こうかな」なんていうこともぼんやり思った。だが、今さら若い人たちに混ざって大学受験をするというのは腰が重いし、悔しい気もする。高卒という理由で差別するのはおかしいと思っているのに、「大学に行かなきゃ駄目だ」という考えも折々に浮かんでくるのは、自分が情けなく、すごく嫌だ。少なくとも、稼いでいるのだから、堂々と生きたい。

そんな折に、鞠子と出会った。小太郎が二十九歳、鞠子が二十七歳のときのことだった。出会いは、お茶の先生の紹介だった。

小太郎が勤めていた銀行では、月に一回、「お茶会」が開かれた。福利厚生の一環で、行内にある和室に茶道の先生がやってきて、お茶の点《た》て方《かた》やマナーを教えてくれる。そんなものに興味のある行員は少数なので、存続が危うい会だったが、少ない会費で茶道を学べるところに魅力を覚える人もいるらしく、細々と数十年にわたって続いていた。その少数の参加者のほとんどが女性だったのだが、お菓子が食べられることに惹《ひ》かれ、甘党の小太郎はスケジュールが空いている限り参加した。

おばあさんやおばさんからは人気のある小太郎だが、若い女性から好意を得ることはからっきしなくて、女性に囲まれてお茶を飲んでも恋が始まる気配はまったく漂わなかったのだが、ある

とき、七十代と思われる、紫色に髪を染めて、しゃんとした姿勢で和服を着こなすお茶の先生が、

「あなた、おいくつですか？」

と会の終了後にこっそりと小太郎に尋ねた。

「来年、三十になります」

小太郎が答えると、

「決まった人はいるんですか？」

と続ける。

「え？　彼女ですか？　いないです」

ぶんぶんと小太郎が首を振ると、

「最近の方は悠長なんですねえ。おせっかいかもしれませんが、私、心当たりがあるんですよ。もし、お嫌でなければ、ご紹介したいのだけれど、どうかしら？」

お茶の先生はにっこりした。

「本当ですか？」

半信半疑だったが、結婚を考える年齢になったという自覚はあったので、小太郎は食いついた。

「私は自宅でも茶道教室を開いていましてね、そこに来てくれている生徒さんで、あなたと年齢の合う女性がいるんですよ。あちらの方が、あなたより、ひとつかふたつ下かしら。今は、お見合いっていう時代でもないでしょうけれど、その方からね、ついこの前、『いい人がいたら紹介

してください』って雑談の中で頼まれて、私、ふと、あなたの顔が浮かんだんですよ」

お茶の先生は微笑《ほほえ》む。

「お見合いですか……」

改めて考えると、小太郎は気後れしてしまう。いろいろとマナーがありそうで、ちょっと緊張する。

「いいえ、お見合いってほどのことじゃありませんよ。そんな、しゃちほこばらなくていいんですよ。私があなたと先方の女性をお食事に招待しますから、『一緒にごはんを食べる』っていう、軽い気持ちでいらしてね。あなたにも女性の好みがあるでしょう？　会うだけ会ってみて、嫌だったら、後日、私にこっそり断ってくれたらいいですよ。その場合は、私から上手《うま》くあちらの方に伝えますからね」

お茶の先生はゆっくりと喋る。

「相手の方は、おひとりでいらっしゃるんですか？」

「あとで聞いてみますね。でも、おひとりでいらっしゃるんじゃないかしら。あなたは、ご両親かどなたか、一緒にいらっしゃる？」

「いえ、ひとりで行きます」

「そう、そう、こちらがその女性。ね？　可愛らしい方でしょう？」

お茶の先生は、手提げから携帯電話を取り出して、茶室で撮ったらしい写真を見せてくれた。

和服を着た七人の女性が畳《たたみ》の上に座っている。

　お見合い写真を送り合うものかと思っていたら、何か別の理由で撮ったらしい集合写真を、携帯電話の画像で見せられたので、本当に軽いノリで大丈夫なのだろう、と感じられた。

「あの、どなたでしょうか？」

　可愛らしいと言われても、七人いるので誰かわからない。美人系やアイドル系の顔立ちの人もいるし、かなり年配の方もいる。可愛らしいと言うのならアイドル系の顔立ちの人かな、と思ったが、小太郎はその人よりも、端っこにいる地味な顔立ちの小柄な女性に惹かれた。

「この方です」

　お茶の先生が指差したのは、小太郎が惹かれた女性だったので、

「あ、ぜひ、会ってみたいです」

　小太郎は頷いた。

「うふふ」

　お茶の先生はにこにこして頷いた。

「えっと、僕の写真も、相手の方へ事前にお見せしたいですね」

　小太郎が提案すると、

「じゃあ、ここで写真を撮ってもいいですか？」

　お茶の先生が言い、小太郎が了承すると、携帯電話で小太郎を撮影した。

そして後日、鞠子の方でも会ってみたいということになったらしく、お茶の先生が日時を調整してロシア料理店を予約してくれた。

土曜日の夕食を共にすることになって、お見合いではないのだからセーターなどにするべきかと考えたが、普段そんなにおしゃれではない小太郎には「適度にカジュアル」という格好は逆にコーディネートが難しく、仕事に行くときとまったく同じスーツとネクタイで出かけた。

ロシア料理店は地下にあるこぢんまりとしたところだった。緑色の壁と白木のシンプルな家具が可愛らしい。和食の懐石料理やフレンチのコース料理ではかしこまってしまうからということでお茶の先生が気を遣ってくれたのだろう、と察せられた。お茶の先生の仕切りは素晴らしく、

「こちら、野原小太郎さん。そして、こちらは岩倉鞠子さん。今日は、こんなおばあさんとの食事につき合ってくださって、ありがとうございます。若い方とお喋りするの好きだから、嬉しいわ」

と簡単に名前を紹介したあとは、無理に若い者同士で喋らせようとはせず、ボルシチだのフォルシュマークだのをおいしい、おいしいと口に運び、純粋に食事を楽しんでくれた。お茶の先生は若い頃にシベリア鉄道でロシアを横断する旅行をしたことがあるらしく、その話で盛り上がった。カーキ色のブラウスと紅茶色のスカートという格好の鞠子は、ケラケラと笑いながら、その旅行話を聞いていた。

デザートのシャルロートカを食べながら、

「あの、鞠子さんは、ご趣味は？」

小太郎はとうとう尋ねた。結局のところ、小太郎だけがお見合いっぽさから抜け出ていなかった。

「趣味……」

鞠子は考え込んだ。

「あ、お茶ですよね」

小太郎は慌《あわ》てて言った。

「そうですね。でも、茶道は着物を着てかっこつけたいと思って始めただけだから、趣味という呼び方は違うかもしれません」

鞠子は変に正直で、そんなことを言った。それにしても、なぜお見合いでは趣味を尋ね合うのだろう。

「では、お仕事は何をされているのですか？」

小太郎は踏み込んでみた。

「書店でアルバイトをしています」

鞠子が堂々と答えた。

「そうなんですか」

小太郎はびっくりした。二十七歳でアルバイトとなると、将来をどう考えているのだろうか。

「小太郎さんは？」

鞠子が尋ねた。そうか、お茶の先生は自分の職業をまだ伝えていなかったのか、と小太郎は軽いショックを受けた。事前に教えたのは顔と名前だけというのは新鮮だ。小太郎にとって、仕事はアイデンティティーの大部分を占めることだったから、それに関係なく異性が自分とつき合うことを考えてくれる気がしなかった。結婚を前提に考えるのならば、経済状況が気になるのが当たり前だと思えるのに、それを伝える必要がないと考えたお茶の先生は、新しい時代を生きる仲介者なのかもしれなかった。七十代の女性なのだから古い考えを持っているに違いない、と小太郎は思っていたが、小太郎の方が頑迷だったのかもしれない。そもそも、小太郎は職業を重大なことだと考えていて、自分の職業は当然先方に伝えられているものと思い込んでいたのに、自分の方では鞠子の仕事を事前に問わなかったのは、「男性と女性は違う」という思いがあったからに違いない。

「銀行員です」

小太郎は簡潔に答えた。

「わあ、堅い職業ですね。素晴らしいですね。私とは全然違う」

鞠子は肩をすぼめた。そして、自身について語り始めた。

なんと鞠子は、ちゃんとした就職をしたことがないという。

三年前まで大学院で平安文学を勉強していたそうで、『とりかへばや物語』の研究者だという。

「え？　それって、なんの役に立つんですか？」

小太郎は驚いた。

「役に立つ？」

「え？　だって、勉強っていうのは、何かの役に立てるためにすることでしょう？」

鞠子はきょとんとした。

小太郎は質問した。

お茶の先生は、デザートをおいしそうに食べながら、黙って二人の遣《や》り取《と》りを聞いていた。

「私は、そういう風に考えたことがなかったです。勉強すること自体に面白みを感じていて、その先に何があるかとか、なんのスキルが身につくかとか、気にしていなかったです」

鞠子はローズティーの水面に目を落とした。

「え？　でも……、こんなことを言うのは失礼かもしれないですけれど、ご両親は鞠子さんの将来を思って学費を出されたんじゃないですか？　僕は学歴は高校卒業までで、それも公立高校だったから、両親に対して負い目が少なくて、高学歴の方よりも気楽な気がしていたんです。もしも自分が大学院まで出してもらったら、かなりプレッシャーを感じて、ちゃんとした仕事に就かなくちゃ、って強く思ってしまいそう……。あ、言い過ぎました。でも、鞠子さんのお話を聞いて、そういう考え方もあるのか、って、今、すごく新鮮に感じていまして」

小太郎が頭を掻《か》くと、

「ふふ、新しい考え方に触れる、って楽しいことですよね」

お茶の先生がにこにこした。

「私の親は鷹揚《おうよう》で、私の人生の行く末を心配してはいなさそうです。どうにかなる、と思ってくれているみたいです。これまでも、進学のことも仕事のことも、私の人生にまったく口出しをしてこなかったです。とにかく、私の意欲を尊重してくれて……。勉強をしたいと言ったときは、決して経済的に余裕がある家ではないのに学費を出してくれて、とても感謝しています。アンナさんは、娘が幸せになったらいいな、と願ってくれているとは思いますが、勉強を将来の仕事に役立てて欲しいわけではなくて、『勉強をした方がいろいろ考え事ができて豊かな人生が送れるだろうから』って、そんな感じみたい……。あ、私、母のことをアンナさんって、名前で呼んでいるんです」

鞠子は、少し頬を赤らめながら、そんな風に喋った。

「はあ……」

小太郎は面食らった。自分とはまったく違う価値観で生きている人のようだ。芸能人などの離婚報告の際に、「理由は、価値観の違いです」といったセリフがよく出る。似た価値観を持っていることはパートナーシップにおいて重要なことなのだろうから、この出会いはもしかしたら残念なものになるのだろうか。

「でも、私、『このままでいいのかな』という思いも確かにあります。いえ、決して、将来が心配とか、仕事に就かなきゃっていうのではなくて、たくさんの人に親切にしたいというか……。

もっと遠くの人と関わりたいというか……」

鞠子は真面目な顔つきで思案した。

「今は、大学院を出たら、余計に就職が大変らしいですよね。特に人文系の学問をされた方は厳しいそうで」

小太郎は言ってみた。

「ええ。企業では扱いづらいと思われてしまうのかもしれませんね。勉強したことを最大限に活《い》かして仕事をしたいとしたら、大学に居続けるという方法があります。私は今、講師として、大学で一コマだけ授業を教えているのですが、時給換算したら書店アルバイトよりもずっと低いですし、将来に繋がるかどうかと考えた場合、繋がらないんじゃないかな、と思っています。私の場合は、この道も難しいかな、と」

「あ、そうなんですか。でも、教授になったらとてもいいお給料をもらえるんじゃないですか？」

「確かに、そうだと思いますが、教授になる人は一握りですし、学内での人間関係も大事ですから、私には厳しそうです。ただ、今の生活だけを見るなら、書店の仕事も、文学の研究も、とても楽しいです。毎日、わくわくしながら過ごしています」

鞠子はにっこりした。

その笑顔を見たとき、小太郎の心に一陣の風が吹き込んできた。

鞠子には自分のような男が合うのではないか、鞠子にとって良い男になれるのではないか、という気がしたのだ。

不安定に見える鞠子の道を、小太郎は支えられるかもしれない。役に立つことが好きな小太郎にとって、「鞠子の役に立てるかもしれない」という思いつきは、結婚の理由になりそうだった。

「あ、あのう、連絡先を交換しませんか？」

そうして、小太郎と鞠子はつき合い始めた。


水族館や映画館、それから美術館などでデートを重ねた。

「小太郎さんは、お休みの日に、ひとりで美術館に来ることもあるんでしょう？　どうして美術館が好きなんですか？」

有名な財閥のコレクション展を見たあと、食堂でオムライスを食べながら鞠子は尋ねた。

「静かで気持ちが落ち着くじゃないですか。僕は、普段、人と喋ってばかりの仕事をしているんです。お金の話だから自分が思っている以上に神経を張り詰めて喋っているみたいで、仕事は好きなんだけれど、やっぱり、神経を和《やわ》らげる時間が欲しくなっちゃうんですね。ひとりで何も喋らずに長く時間を過ごしていると心がゆったりする。こういうところだと、人がたくさんいて寂しくないのに、静かで話す必要がなくてゆったりできて、いいなあ、って思います。あと、美術品って不思議だな、って感じていて」

小太郎はカツカレーをスプーンですくいながら答えた。

「不思議？　どういうところが？」

鞠子は首を傾げた。

「えっと、ちょっと描き殴っただけのものがすごく高価だったり、一所懸命に描かれたに違いない丁寧な絵の価値が低かったり」

「あ、値段？」

「そう、そう。下世話かな？」

小太郎は頭を掻いた。

「ううん、私も、そういうこと思います。絵を見ていて、『これ、いくらなんだろう？』って気になっちゃう」

鞠子は小太郎に同意した。

「どう言ったらいいのかな。『頑張って稼いでいる自分』に自信を持っているんだけれど、頑張るとか頑張らないとか、労働時間がどれくらいとか、そんなのが関係ない世界もある、っていうのを感じると、心に風が吹き込んできて、逆に安心するような……。うーん、なんでだろう、あはは」

小太郎は笑った。

「なんでだろう。私もわからないけれど……。でも、確かに私も、自分の価値観と違うものを持っている人に会うと、心にポンッと風穴が開いて、生き易くなる感じがするときがありますよ。うーん、生きとし生けるものはみんな、『自分の価値観を壊して欲しい』っていう欲望を持っているのかもしれませんね。ほら、動物っていろいろな価値観に手を出したがるらしいじゃないですか。地球環境が変わっていく中で、暑さに強い奴とか、寒さに強い奴とか、性転換する奴とか、性差がいちじるしい奴とか、性差がない奴とか、大きい奴とか、小さい奴とか、草を食べる奴とか、肉を食べる奴とか、どの特性を持つ動物が生き残るのに有利になるかわからないから、とにかくいろんな価値観に手を出す、って、そんな話がなかったでしたっけ？」

鞠子も笑った。

「そんな話、ありました？　僕は理系の話は苦手でして。高校のとき、『生物』でも『化学』でも赤点を取ったこともありました。数学は少しはできましたが」

小太郎が頬に手を当てると、

「私は数学も駄目。理数系はさっぱり。大学の入学試験だって、国語だけで突破したようなものだったんです。もしも、国語っていう教科がない世界だったら、高校卒業もあやしかった。日本人じゃなかったら、大変だったかも」

鞠子は肩をすくめた。

「違う国の人として生まれたとして、そうしたら自分の国の言葉が国語になるんだから、大丈夫に決まっているじゃないですか」

小太郎はさらに大きな声で笑った。

「そうかもしれないですけれど、あるいは、たまたま私の感性に日本語のリズムとか字面とかがぴったしだったから得意になっただけかもしれないし」

鞠子は首を振ってオムライスを食べ続ける。

「鞠子さんは、平安文学を勉強しているって言ってましたけれど、それを勉強したらどんなことができるようになるんですか？」

小太郎はカツにカレーを絡《から》ませながら尋ねた。

「ひらがなができ上がる前の、ふにゃふにゃの文字があるでしょう？　漢字を崩《くず》してさらさら書いた、まだルールが不完全なもの。巻物に墨で書いてある。あれを読めるようになりました」

鞠子は、ちょっと得意気な顔をした。

「はあ」

小太郎は中学や高校で使った「国語便覧」に載っていた資料を思い浮かべた。あれを読めるようになりたい、なんて全然思えない。

「まあ、どこにも繋がらない、役に立たない勉強ですよね」

食いつきの悪い小太郎を察して、鞠子は目を伏せた。

「酔狂な感じはしますね。……あ。良い意味で」

言い過ぎたかな、と思い、小太郎はフォローしようとしたが、何が「良い意味」なのか、自分でもさっぱりわからなかった。

「うん、酔狂です」

鞠子は自嘲《じちょう》した。

「英語は喋れないんですか？」

ふと思いついて、小太郎は尋ねてみた。

「英語は喋れないです。そうですよね、もう死んでいる文字を勉強してどうするのか、と聞かれたら、どうするわけでもない、としか答えようがないです。とっくに歴史から消えた、今は誰も使っていない、死んだ文字を勉強する努力って、泡作りみたいですよ。その努力に使った時間を、英語だとか、他の国の言葉だとかを勉強する時間に充てていたら有意義でしたよね。仕事に繋がったのかもしれないですね」

鞠子はオムライスを食べ終わり、アイスティーのストローに口を付けた。

「でも、言葉が好きなんだったら、英語を勉強したらすぐ喋れるようになるんじゃないですか？平安文学の勉強は、英語などの勉強をするための下敷きっていうか、練習になっているかもしれませんし」

小太郎もカツカレーを食べ終え、コーヒーを飲んだ。

「いや、いや、英語は難しいですよ。私、授業でも英語は苦手だったんです。それに、何かの下敷きにしようと思って平安文学を始めたわけじゃないし、むむー」

鞠子は下を向いた。

「あ、怒りました？」

「怒ってないです。ただ、自分でも、どうして意味のないことに自分の大切な時間をたくさん使ってきたんだろう、って不思議になります」

「いや、ごめんなさい、度々無神経な言い方をしてしまって。僕は鞠子さんの価値観を否定したくないし、鞠子さんを言い負かしたくもなくて、ただ、鞠子さんの考え方が自分にとってとても新鮮だから、僕の価値観をぶつけてみたくなっちゃうんですよ」

小太郎は正直に言った。


そのようにして、小太郎と鞠子は交際を続けた。

週末にデートをして、平日の夜には電話やメールを交《か》わし、数ヶ月かけて距離を縮めて、言葉はくだけ、表情も緩《ゆる》まり、親密さは増していった。

二人とも、最初から結婚を意識してつき合い始めたので、はっきりとした言葉ではないにせよ、今後の生活の方針についての話題はちらほら出てきた。

小太郎としては、子どもの頃から共働き夫婦のイメージを自分の将来に思い描いてきたので、鞠子には就職活動をして何かしらの会社に入り、正社員になってもらいたいと考えていた。それに、不況は続いているし、平均寿命が延びて少子化になった日本では老後の金が心配だとみんなが言っているし、貯金を計画することを今の年齢から考えなければいけないとも思っていた。学歴社会は終わりだというのをあちらこちらで聞くが、実際に働いていると、どうしても昇進がどこかで頭打ちする予想が湧いてしまうので、将来の収入に夢を抱くわけにはいかない。贅沢《ぜいたく》な暮らしをしたい気持ちは毛頭《もうとう》ないが、世帯収入は多いに越したことはない。それで折に触れ、「会社員は楽しいよ」「ちょっとずつでも貯金を始めたいね」などと呟いた。

でも、鞠子はどこ吹く風で、

「アルバイトと正社員と何が違うのさ。非正規雇用者をバカにするな」

なんてことを言いながら笑う。

それで、交際を始めて一年が経ったある日、

「ちょっと聞きたいんだけど、鞠子は主婦になりたいの？」

小太郎は思い切って尋ねてみた。

「うん」

悪びれずに鞠子は頷く。

「なんでさ」

小太郎は憤った。

「主婦は素晴らしいよ。地球のこれまでの歴史は、主婦が家を整えてきた歴史なんだ。料理して洗濯して掃除して、文化を作ってきたんだよ。育児は、人生かけてやる仕事だと思うし、大変な

ことだよ」

「だけどさ、今の日本では、ほとんどの人が働いているよ」

「ほとんどって、何割の人が働いているのさ？」

「う……」

小太郎は言《い》い淀《よど》んだ。日本人の何割が仕事をしているのか。考えてみれば、高齢者も増えているし、病気の人や、子どももいるし、自分が思っているよりも、働いていない人は世の中にたくさんいるのかもしれない。どうして「みんなが働いている」と自分は言いたくなってしまうのだろう。働いている人を中心にして世界が回っていると自分は思い込んでいた。

小太郎は自分の部屋に飾っている「働かざるもの、食うべからず」という父親の書や、幼い頃に母親と交わした働くことについての会話を思い出した。

自分のこの考え方は、両親からの呪いによって作られている。そのことに小太郎は思い至った。

いや、父親や母親の労働を尊ぶ姿勢は確かに尊敬に値するものだし、決して否定すべきではない。でも、親を尊敬しながらも、自分は違う道を進むという方法がある。

働くことは素晴らしいと素直に信じるのではなく、懐疑心を持ちながら働き続ける道もあるのかもしれない。

「小太郎が働いていることは本当にすごいと思っているよ。銀行で働くなんて、私には想像もつかない世界だし。私はお金のこと、全然わからないし」

「ふうん」

「理数系が苦手だから、私、本当にお金の計算ってよくわからないんだ」

「うん。でも、お金のことがわからないって言っても、貯金がなかったら、生活のことが心配にはなるでしょ？」

「え？　ならないよ」

鞠子はきょとんとした。

「なんでならないんだろう？」

「なんでだろうね。助けてくれると思っているからかな」

「誰が」

「まあ、小太郎がだよね。小太郎が私を助けてくれると思っているんだよね。だから、困った状況に陥《おちい》っても大丈夫だよ」

「うーん、そうかあ」

ずしっと肩に荷物が載った感じがして、小太郎は頭を抱えた。

「そりゃあ、困った状況に陥って、正社員にならないとやっていけないって感じになったら、もちろん必死になって就職活動をするよ。たとえば、小太郎が病気になったら、私が生活費も治療費も稼ぐよ。でも、今はアルバイトでなんとかやっていけているから、そんなに焦《あせ》らなくていいと思う。これから先のことを考えるなら、結婚した場合は、子どもが生まれるかもしれないでしょう？　就職してすぐに『産休ください』って申請するの、上手くできるかなあ。入ったばかりの会社に迷惑をかけたくないなあ」

　鞠子は真面目な顔で言った。

「そう言うけどさ、一度は就職しておいた方がいいと思うよ。退職したとしても、再就職を目指すときに前の会社の社名を履歴書に書けるでしょ？　アルバイトしか経験がない場合より雇われやすくなるんじゃないかなあ。それに、今すぐ就職活動をするのと、五年後に就職活動をするのでは、大変さが違うよ。年齢が上がったら、今よりも余計に就職が難しくなっていくんだよ」

　小太郎は、鞠子の甘い人生観に頼りなさを覚えながら、教え口調で言った。

「なんで年齢が上がったら就職できないの？　それに、経歴にするために会社に入るなんて失礼じゃないか」

「なんでって……。えーと、そういう社会だから？　そもそもさあ、主婦希望って言うけれども、僕はそんなにお給料多くないから、生活はかつかつになるかもよ」

「かつかつ上等だ。それに、私、アルバイトは続けるつもりだよ。妊娠したら一時的に辞めるかもしれないけれど、子どもが幼稚園とか小学校とかに行き始めたら、またアルバイトをやりたいと思っているよ」

「生活に余裕を持ちたいとは思わないの？　鞠子は大学院まで出してくれる家で育っているわけだから、僕のお給料で満足できるのかな？　アンナさんとかお父さんとか、僕のお給料に不満を持つかもよ？」

「私、今は百円で買えるこんな大きなパンをお昼に食べているんだ。毎日、水筒に水を入れて出かけているし。結構、質素な暮らしをしているよ。服も化粧品もプチプラばっかりで、ブランド物なんてひとつも持っていないし、宝石も興味ないし。おそらく、小太郎よりも生活レベルは低いと思うんだけれど、どう？」

鞠子は両手で大きなパンを表現しながらそんなことを言った。

確かに、鞠子はいつも洗濯の行き届いたこざっぱりとした格好でデートに来るものの、仕立ての良さそうな服ではないし、アクセサリーは身につけない主義らしくてネックレスもイヤリングも見たことがない。デートでの外食は、小太郎に合わせたものを食べることが多いが、普段はあまり外食をしていないようだというのは察していた。

「そうだとしても、鞠子のご両親はなんて言うだろうか？」

小太郎は首をひねった。

「うちの親は、何も言わないと思う。万が一、何か言ったら、私は絶対に小太郎の味方をする。そんなことはまずないと思うけれども、もしも、親が小太郎の悪口を言ったら、私が反駁《はんばく》する。だから、そこは心配しないで」

鞠子は断言した。

「うーん」

「私は、これまですべて自分の自由にさせてもらってきたから、結婚に関してだけ親から口出しをされるとは想像できないんだよね。それに、うちの親が他人のことを学歴や収入で判断しているのを見たことないし、小太郎に何か意見するとは思えない。でも、心配？　具体的に何が心配なの？」

鞠子は首を傾げる。

「でもさ、ドラマとか映画とかで、彼女の実家へ挨拶《あいさつ》に行ったら、彼女の親が激怒したり『娘を幸せにする自信はあるのかね』って詰め寄ったりしているよね。彼がしゅんと落ち込んでも、彼女は横で黙っているだけで、親の言いたいことを言わせっぱなしにしているよね」

「わかる！　私も、あれはおかしいと思っていた。最近、『夫は、姑《しゅうとめ》ではなく妻の味方をすべし』ということがどんどん言われるようになってきているのに、『妻も、自分の親より夫の味方をすべし』ってことはなかなか言われないよね。今の時代、自分の親に言い返せない子どもってそんなにいないと思うんだけれど、結婚の際に、『自分からは親に何も言わないで、彼から言ってもらう』だとか、『親が結婚に反対して彼に失礼なことを言っても、自分はフォローしない』だとかっていう考え方だけはいまだに残ってしまっている感じ、あるよね。でも、私は違うよ」

「じゃあ、鞠子は、万が一、僕が鞠子のご両親から責められたら、僕をフォローしてくれるの？」

小太郎が尋ねると、

「当ったり前じゃないか」

鞠子は自分の胸を拳《こぶし》でドンっと叩《たた》いてみせた。

「そうか、それだったら、まあ、安心だ」

小太郎はほっとした。

「そしたら、プロポーズしてくれたら嬉しいけれども、あるいは、私からしようか？」

鞠子はそんなことを言い出した。

「え？　プロポーズ」

小太郎はぎょっとした。

「プロポーズって言葉を知らない？」

「いや、もう意思の疎通はできているのかと思ったから。すでに鞠子は結婚したいと思っているんでしょう？　僕が同じように思っているのも伝わっているよね？　どうして改まりたいのさ？」

「想像するに、これから結婚の準備をしたり、実際に結婚生活を始めたりしたら、つらいことやいらいらすることがたくさんあるわけでしょう？　そういうときに、『ああ、結婚を決めたときは、あのうっとりする場所で、あの素敵なセリフを言い交わしたのになあ』って思い出したら、乗り越えられそうな気がしない？」

「そういうもんかな」

「高い場所がいいよね」

「高級レストラン？　オーセンティックバー？」

「いや、値段ではなくて、物理的に高いところはどうだろうか。見晴らしの良いところ。高いビルとか、高い山とか、高いタワーとか」

「でもさ、よくニュースなんかで、高いところでプロポーズした人が直後に転落して死んでしまった、っていう事故が報道されているよね。緊張して、注意力散漫になるから、高い場所でのプロポーズって事故の元なんじゃないのかなあ。普段から、よく知っている場所がいいんじゃないの。『行きつけの居酒屋とか、自分の部屋とかでプロポーズされたい』っていう夢を語る女の人も結構いるよね？」

「小太郎はそう思うのか」

鞠子が不満気だったので、さらに話し合い、プロポーズのために富士山へ出かけることを決めた。

小太郎としては、「これからの人生は鞠子を守りながら生きていこう。主婦としての鞠子を、働いている自分が守っていくんだ」という決意なので、登山中も自分が鞠子を守ろう、と拳を握った。

一緒に専門店へ出かけ、登山靴や防寒下着やスパッツなどの装備を鞠子の分も小太郎が金を出して揃《そろ》えた。

初夏の土曜日、バスで富士山の五合目に向かった。食堂で、コップで型を取って富士山に見立てたらしいごはんの周りにカレールーが流し込まれた「噴火カレー」の昼食をとったあと、登山を開始した。喋ると呼吸が乱れるので会話は弾《はず》まなかったが、青空と土の間で黙々と脚を動かし続けていると、テンションがどんどん高くなる。ときどき岩に腰掛けて休み、バックパックのポケットから鞠子が「行動食」を取り出して分けてくれた。「行動食」はチョコレートバーや羊羹《ようかん》などの甘いもので、普段はほとんど甘いものを口にしないという鞠子だが、山ではこまめに食べないといけないと本に書いてあったとのことだった。小太郎は甘いものが好きなので、鞠子がポケットから出してくれるそれを嬉しく受け取った。八合目の山荘で一泊し、早朝に再び登り始め、途中で「ご来光」を見た。「ご来光」というのは日の出のことだ。自分たちよりも下に雲が棚引いていて、そこからひょっこり顔を出す太陽はそれはそれは美しかった。ここで言うべきか、と光に縁取られた鞠子の横顔を見つめたのだが、「高い場所」という当初の希望を考えると、頂上で言うのがベストだと思われ、

「『ご来光』一緒に見られて嬉しいね」

とだけ言った。

「とても嬉しい。これから、登山を趣味にしよう。せっかく装備も揃えたし。登山靴、値が張ったものね」

鞠子は頷いた。

そうして、さらに脚を動かし、頂上に辿《たど》り着《つ》いた。腹が減った上に、寒さも強く感じていたので、小汚い山小屋でカップラーメンを二つ注文した。二人で椅子に腰掛け、カップラーメンをすすっているときに、

「結婚しよう」

と小太郎が言ってみたところ、

「しよう」

鞠子はにっこりしながら、ぼろぼろの壁を見た。

「はあ、良かった。落ち着いた」

「本当は、景色がきれいな場所が良かったんだけど、結局、小屋の中で言い合っちゃったね」

そういうわけで、二人のプロポーズはカップラーメンのケミカルな味と共に記憶されることになった。

下山して、ひと月ほどしてから、鞠子の実家へ挨拶に行った。

小太郎は髪の毛を短く切って、出勤のときと同じスーツとネクタイの姿で向かった。

鞠子の父親はいわゆるサラリーマンタイプの風貌で、髪の毛をきっちりと七対三に分けていたが、格好はポロシャツにチノパンという日曜日スタイルでにこやかに迎えてくれた。母親のアンナは藍染《あいぞ》めのブラウスに麻のフレアパンツを合わせてやはり緊張感のない出《い》で立《た》ちで、鼻歌を歌

いながらお茶を出してくれた。簡単な挨拶のあと、寿司を取ってくれたので、それを食べながら雑談を交わしたが、話題は「最近のファストフード事情」「銀行のゆるキャラにまつわる面白エピソード」などで、確かに父親も母親も小太郎の学歴や収入には微塵《みじん》も興味がないらしかった。

「じゃあ、まあ、大体察してくれていると思うけれども、私たち結婚するから」

鞠子が父親に向かって言うと、

「おう、良かったな。おめでとう。じゃあ、小太郎さん、これからよろしく」

父親は簡単に頷き、右手を小太郎に向かって差し出したので、

「よ、よろしくお願いします」

小太郎もおずおずと右手を出した。父親はそれをぎゅっと握った。

結婚についての話題はそれだけで、あとは「アンナさんが入っている染物サークルの中心人物の和田さんの噂《うわさ》」「平日のお昼ごはんは何を食べるか」「寿司のネタは何が一番おいしいか」といったくだらないことに終始した。

数日後に鞠子に尋ねてみたところ、「お父さんもお母さんも小太郎のことを、『感じの良い人だ』と褒《ほ》めていた。結婚のことは、本当に喜んでくれている」とのことだった。そして、結婚の時期や結婚式の有無についても、一切口出しはしないつもりらしかった。

「そうは言っても、結婚式をしたら、お父さんとお母さんは喜びそうな気がする。だから、小さい式でいいからやりたいな、と私は思う。ただ、私は貯金ないし、小太郎が独身時代に貯めたも

のを使わせるのも悪い。もちろん親に無心するつもりはないから、とにかく、質素な式がいい」

小太郎としては改まった式なんてやらなくて済むのならやりたくなかったのだが、鞠子がやりたいと言うのなら簡単にでもやってあげたいと考え、インターネットで調べてみた。神社でサクッと数時間で済ませられるプランがあることがわかり、費用もわりと安かったので、これはどうだろうか、と鞠子に相談したところ、とても良い、と頷くので、それに決まった。

その結婚式プランのことも含めて、今度は小太郎の両親に報告することになった。小太郎の実家の近くの寿司屋で四人で食事した。なぜこういうときに寿司ばかり食べるのかと考えるに、一人分がはっきりしていて取り分ける必要がなく、コース料理ほど時間がかからず、それでいて華やかだからだろう。

小太郎の両親も、

「良かった、良かった」

と喜んで、結婚に対する意見はまったく言わなかった。結婚式に関しても異存はないとのことで、

「どうとでも、自分たちのやりたいようにやったらいい、来いと言われれば自分たちはどこにでも行って祝ってやる」

と父親の大二郎は笑った。

結婚準備の際、それぞれの親への報告が一番苦労する段なのではないか、と予想していたので、

どちらの親もあっさりと祝ってくれて、楽ではあったが、小太郎としては肩透かしを食らった気分だった。

ただ、数日後に小太郎が母親の美琴に「鞠子のことや、結婚のこと、どう思う？」と、再度確認のために尋ねてみたところ、

「あんな結構なお嬢さんが小太郎ちゃんと一緒になってくれるなんて、こちらとしては言うことなしだけれども、鞠子さんは院卒ってことだから、それなりにプライドもあるだろうし、社会参加したい欲も本当は持っているに決まっている。私たちは孫が見たいなどという夢を押しつける気はないし、あんたたちが幸せになるのが一番いいのだから、鞠子さんが仕事ができるように助けてあげなさい」

ということをやはり言う。

「お母さんはそう思うんだろうけれど、鞠子は主婦希望なんだよ」

小太郎が言うと、

「本当かしら」

とても信じられないという顔で美琴は首を傾げた。

「とにかく、僕たちで相談して、しばらくは僕の銀行の給料と鞠子の書店アルバイトの給料で生活してみようってことになったからさ」

小太郎が言うと、

「そりゃあ、そうだ。夫婦のことは夫婦で決めるしかない。結婚したら、親は見守ることしかできないね。その代わり、うちに余分なお金はないから、結婚の際にお祝いはあげられない。今後も、もしもあんたたちがお金に困ることがあったところで、助けることはできない。自分たちでどうにかしなさい」

美琴は厳しい声で言った。

「うん。……あ、でもさ、僕がこれまで家に入れていたお金は?」

小太郎は甘えたことを呟いた。

以前、実家暮らしの友人が、「家に毎月入れていたお金を、うちの親は使わないで取っておいてくれたらしくて、結婚するとき、そのお金を全部くれた」と言っていた。それで、「そうか、親心としては、子どもの稼いだお金は使わずに取っておきたいものなのか」と小太郎は想像し、「うちの親も、生活費にせず、自分が渡した金をそのまま貯金しているかもしれない」と思ったのだが、

「あら。ありがたく使わせてもらっているよ。小太郎ちゃんはたくさん食べるし、食費がかかるんだから。おいしいもの、いっぱい作ってあげたでしょ?」

当然という顔で美琴は言った。

「そうですか。いやあ、そうですよね」

小太郎は丁寧語になってふざけ、頭を掻いた。

「こっちが小太郎ちゃんにお金をあげることなんてもうないと思っていた。むしろ、これからは、仕送りをしてくれるのかと思っていた」

美琴は飄々《ひょうひょう》と続ける。

「あわわ、そうなんですか」

小太郎は、「これは、しまったぞ」と冷や汗をかいた。でも、確かに、大二郎や美琴の考え方だったら、子育てにお金をかけた分、社会人になった子どもが感謝の気持ちを親に返してくれる、となるのが自然だ。

「まあ、冗談よ。仕送りなんていらないわよ。しばらくは、新生活の基盤を築くことに専念なさい」

美琴は、ふふっと笑った。

「そうさせてもらえたら、ありがたい。でも、鞠子とも相談して余裕ができたら仕送りを始めるよ」

小太郎は言った。


そして、結婚式の準備や新居の準備などを済ませ、「結婚しよう」と言い出して一年ほどしてから、神社で簡単な結婚式を挙げ、事実婚にはせず戸籍をいじり、「結婚しました」という葉書を友人知人に送り、晴れて夫婦となった。

鞠子はとても喜び、六畳と五畳の二間の質素なアパートを、ホームセンターで買った収納ボックスや百円ショップで買った仕切りで整えた。野の花をジャムの空き瓶に活けて彩《いろど》りを添えようとする日もあった。

書店アルバイトへ新居から通うのは距離があって大変なのだが、鞠子としてはその書店の店長や同僚がいい人たちなので続けたいとのことでいそいそと通勤していた。一方、大学で教えるのはあっさりと辞めてしまった。「もともと、人前で大声を出すのが向いていない。何年やっても緊張が取れず、授業の前はお腹《なか》が痛くなって、大変だった。それに、授業準備を一所懸命やって臨んだところで、大学生は平気で目の前で寝る。教壇の前で、何人も寝る。やりがいも感じられなかった」と言う。

小太郎としては、いくら書店アルバイトが楽しいといっても、アルバイトというからには一生続けられることではないと思われたし、たとえ金にならないとしても「大学で教えている」というのは体裁《ていさい》が良いのだからむしろ大学の講師を続けた方がいいのではないか、と感じたのだが、鞠子は、「体裁なんて気にするのはくだらない。楽しいか楽しくないかで決めた方が、より人間らしい判断ができる」と言い張るので、「そうですか」と引き下がるしかなかった。

家計簿をつけたり、食材を工夫したりして、鞠子は経済のやりくりを楽しんでいるらしかった。

結婚して三ヶ月ほどすると、

「やりくりするから、小太郎の実家に毎月五千円を送金しよう」

と鞠子が言い出した。それで、小太郎の実家だけではきまりが悪いから、鞠子の実家にも送金することに決めた。五千円ぽっきりなので本当に心ばかりの仕送りだが、それぞれの実家の口座に毎月振り込んだ。

そうして、小太郎と鞠子は幸せに暮らした。

ただ、ちょっとした問題が一年後に起きた。

それは、小太郎も鞠子も「子どもができたら嬉しいな」と考えていたのに、一向に妊娠の兆《きざ》しがないことだった。子どもが欲しいと考え始めたカップルは一年以内に妊娠できる場合がほとんどだ、と聞いたことがあった。

「これは困った」と小太郎は腕を組んだ。もちろん、妊娠希望のカップルの夢がすべて叶《かな》うわけではないということは結婚前から知っていた。小太郎の上司や知り合い、友人に、子どものいない夫婦はたくさんいて、みんな幸せそうに暮らしている。ただ、そのカップルたちに、「もともと子どもを持たないことに決めていたんですか？　それとも、妊娠を希望していたのに、夢が叶わなくて、夫婦二人で過ごすことにしたんですか？」なんて聞けるわけがないので、「夢が叶わなかったら、どう決着をつけるのか？」ということを誰かに相談するのは難しく感じられた。

結婚前から、「子どもが生まれたら、名前をどうしようか」「子どもは二人生まれたらいいな。キャンプに行ったり登山したりしたいね」など、鞠子は将来の育児を見据えた発言を多くしていたので、鞠子も待ち望んでいることは間違いがなかった。しかし、ここ数ヶ月は、ぱたりと子どものことを口にしなくなった。このままだらだら過ごしてしまっていいのか。妊娠出産を女性に属している出来事だと捉えてしまいがちで、女性の方から妊娠や不妊や子どもの話題が出されない限り、男性は黙っていても構わない気がしてしまうが、小太郎と鞠子の場合も、鞠子任せで良いのだろうか。小太郎の問題ではないのか。

小太郎は思案し、結果的に小太郎から切り出すことにした。

「このままずっと二人で過ごしていくのも、きっと楽しいに違いないから、恵まれなかったら恵まれなかったで、僕は鞠子と幸せになろうと思っているんだ。鞠子は、子どもに恵まれなかった場合のこととって考える？」

日曜日の朝食後に、コーヒーを二人分淹《い》れながら、小太郎は単刀直入に聞いてみた。

「そうだね。でも、数年後に恵まれる夫婦もいるし、まだ待ってもいいんじゃないかと思うんだけれども」

鞠子はコポコポとコーヒーメーカーがコーヒーを作るのを眺めながら、落ち着いた声で言った。

「そうだね」

小太郎は頷いたが、「待つ」だけでいいのかな、とも思った。最近は医療が発達してきているから病院に行けばいろいろ調べてもらえるのかもしれない。女性も男性も年齢と共に生殖機能が衰えていくらしいし、自分も鞠子も三十代に入ったので、そう若くもないことは考慮した方がいいだろう。

「ただね、アルバイトをしているとはいえ、私は主婦でしょう？　なんて言ったらいいんだろう……」

「うん？」

「すぐに子どもができると思っていたのに……、なんて言ったらいいんだろう……」

「なんだろう？」

「端的に言うと、暇だ」

鞠子は真面目な顔をした。

「そうか」

そんな単語が出てくるとは思わなかったので面食らいながら、小太郎は二つのコーヒーカップを持ってちゃぶ台の前に座った。

「ありがとう」

鞠子は受け取って、コーヒーを飲んだ。

「そうしたら、就職活動をして、もっといそがしい仕事に就くっていう解決方法があるね。ただ、子どもが欲しいという気持ちがある場合、僕たちの年齢では、今が頑張りどきかもしれないよね。仕事のことばかり考えたらいけないのかも。授かれたらいいね、と待っているのではなく、積極的にいろいろしておいた方が、もっと年齢が上がったときの後悔が少ないかもしれないね。だから、ちょっと怖いけれど、僕も自分の体のことを知ろうと思う。まずは一緒に病院へ行ってみる？　でも鞠子が病院ってものに抵抗を感じるなら無理じいする気はさらさらないよ。僕ひとりだけでも診てもらおうかな」

そう言いながら、本当は小太郎は自分の体を調べるのなんて嫌だった。なあなあに済ませたいのが本心だった。でも、そうしたら、きっと鞠子の方はのちのち後悔するだろう。それは簡単に予想できた。

「そうね」

「そうねっていうと？」

「一緒に行ってみよう」

鞠子は右手にコーヒーカップを持ち、左手のひとさし指をまっすぐ前にのばし、未来を指差した。


小太郎が不妊治療を行っている病院をインターネットで検索し、良さそうなところをいくつかピックアップして鞠子に見せたところ、

「まあ、判断基準がよくわからないから、近所の病院でいいか」

鞠子は適当に選んだ。

それで、土曜日に二人でその病院を訪れた。

初日は話だけで、後日、数回に分けてそれぞれ病院へ行き、いろいろな検査を受けてみたところ、小太郎の体の方は精子が少なめかもしれないということを言われ、それから、鞠子の体の方には子宮筋腫《きんしゅ》があると指摘された。

良性の腫瘍で、鞠子自身の命がおびやかされているわけではないらしいのだが、大きさや位置などから妊娠のさまたげになっている可能性は否めないとのことだったので、摘出する手術を受けることを鞠子は選択した。

これまで、大きな怪我も病気もまったくせずに三十年と少しの間のほほんと生きてきた鞠子は、「手術」という言葉にかなりビビり、また、「手術中に、出血が多いことが予想されます」と担当医から言われたせいで血の海で泳ぐ夢を見たらしく、手術までの日々を暗い顔で過ごしていたが、当日の朝には腹がすわったようで、急に明るい顔になって、

「じゃあ、いってくるわ」

ひらひらと手を振って、手術室へ向かった。小太郎は付き添いで病院まで来ていたのだが、鞠子が平気そうなのと、看護師さんたちが軽口を叩きながら準備しているのを見て、「なんだ、大丈夫そうだ」と拍子抜けした気分になり、待合室でうとうとと昼寝をしてしまった。

手術後、鞠子が麻酔で眠っている間に、担当医が小太郎に説明をしてくれ、

「手術は無事に終わりました。半年後から、また妊娠にチャレンジできますよ」

とのことだった。

それで、小太郎は「じゃあ、半年後から、また頑張ろう」と思ったわけだが、しかし、半年の間は何を考えたらいいのだろう、とも思った。小太郎は仕事に集中すればいいが、おそらく鞠子は結婚後ずっと、妊娠のことばかりを考えている。

退院後、体が回復すると、鞠子は掃除に精を出し始めた。牛乳に浸した雑巾《ぞうきん》で柱を磨いたり、重曹《じゅうそう》を付けた布巾《ふきん》で鍋を擦《こす》ったり、物をぴかぴかにすることに生活の意義を見つけたいみたいだ。しかし、

「どうも、気が紛《まぎ》れない」

鞠子は首を振った。

「気を紛らわせたいの？」

と尋ねると、

「そうだ。当たり前じゃないか」

と頷く。

「子どものことを、つい考えてしまうからかな？」

小太郎が踏み込んでみると、

「うん。でも、今は子どものいる将来のことは、いったん、忘れたい。そうじゃない未来も夢見てみたい」

「なるほど」

「掃除は、意味のある行為だからかもしれない」

「どういうこと？」

「なんというか、まあ、私も芯《しん》から掃除が好きなわけではなくて、どうせ時間を使って気を紛らわせるのなら、暮らしに必要なことをしたいという意地汚さを出してしまっていた。面倒だけれども頑張って掃除しよう、って嫌々やっちゃっていたから」

鞠子は肩をすくめた。

「はあ」

よくわからないまま小太郎は頷いた。

「欲を出さずに、純粋に楽しさだけを求めて、意味のない行為をしたらいいのかもしれない」

鞠子はそんなことを言っていたのだが、「意味のない行為」を見つける前に、アンナから電話があり、

「お父さんが、どうもね、大腸がんらしいのね」

と告げられたのだった。

次の日に鞠子は実家に帰り、父親の入院準備をして、父親が入院してからは毎日病院へ通った。

小太郎と鞠子のアパートと、アンナと父親の家は、電車で五駅しか離れていなかった。入院した病院はアンナたちの最寄り駅にあって、小太郎の家からでも十分に通えるのだが、急にひとり

暮らしになったアンナの方を心配して、鞠子は実家に泊まることにした。

ともかくも、鞠子は期せずしていそがしくなった。


鞠子は四、五日おきにアパートに帰ってきて、夕食をとりながら小太郎に父親の病気の経過を話し、一泊するとまた実家へ戻る。

小太郎が十代だった頃、小太郎の母親の美琴が、「昔は、結婚したら親が病気になっても実家には帰れないものだった。今では実家に帰ることができるのが普通になってきたけれど、それでも私のお母さん、つまり、あんたのおばあちゃんが病気になったときは、兄ちゃんの奥さん、あんたにとってはミヨ伯母ちゃんがおばあちゃんのお世話をずっとしてくれて、私はちょっと顔を見にいっただけだった。あれは、今では後悔しているから、あんたが結婚したら、お嫁さんには実の親の看病に行かせてあげなさい。誰の役割だとか、誰の責任だとか、そういうことで遠慮したり、仕事を押し付けたりしていると、悔いが残る」と言っていた。それを思い出した小太郎は、

「まあ、小康状態だから、今日はお見舞いに行かないで家にいようかな」

などと鞠子が言っても、

「余力があるなら、今日も行ってきたら」

と背中を押した。

大腸がんという病気は早期発見できた場合は完治も望めるがんらしいのだが、病院嫌いの父親

は黙っていろいろ我慢していたようで、受診時にかなり進行した状態で見つかり、もう手術は叶わないみたいだ。

「ついこの前まで、私は、『手術』という言葉に暗ーい、嫌ーなイメージを持っていたけれども、今となっては希望に満ちた明るい言葉に感じられる。手術できるというのは幸せなことだったな」

鞠子は呟いた。

五ヶ月の療養ののち、父親は死んだ。

鞠子とアンナは悲嘆にくれ、特にアンナはみるみる痩せてしまった。顔色は常にどす黒いし、喋るのは父親に関する悲しいことばかりで、小太郎としてはアンナに会うのがつらく感じられるほどだ。

それでも、鞠子は度々アンナの家を訪れた。日曜日には小太郎も一緒に行って線香をあげた。そして、アンナがくどくどと語る昔の思い出話や、本当は夫婦で行きたかったというカッパドキア旅行の夢、そして、あのとき抗がん剤をやらなければ無駄な体力を使わなかっただのあの医者を信じずにセカンドオピニオンを求めれば良かっただのという治療に関する後悔につき合った。普段ならサバサバしていて現実的なアンナなのだが、伴侶《はんりょ》を亡くした直後というときはどうしても「違う治療をしていたら一日でも長く生きられたかもしれない」「別の医者なら違うことを言ったかもしれない」という妄想にとりつかれるものらしかった。

しかし、半年ほど経つと、アンナは急にいそがしくなった。もともと社交的な性格で、仕事をしていたときは生命保険会社の営業をハツラツとこなしていたというアンナなので、自身としても黙って家にいるよりは、できるだけ人と会うことが自分の場合のグリーフケアに繋がると考えてドアを開けたのかもしれない。

定年後の生活で他人と繋がろうとする人は多いので、年齢的にもちょうど友だちを作りやすかったのだろう。超高齢化社会では、伴侶に先立たれてしまったり、残念ながら別れてしまったり、たとえ一度は結婚しても、シングルの期間を長く経験する人が多くなる。だから、そういう人同士で出会いたい、恋だの愛だのではなくて、天気がどうした食べ物がどうしたという淡い雑談だけ交わすような人間関係を築きたい、と思う人たちが手をのばし合う。アンナは友だち作りに精を出した。

そういうわけで、アンナは月曜日は生きがい大学、火曜日は英会話サークル、水曜日は歩こう会、木曜日は囲碁、金曜日は絵画、土曜日は染物サークル、という感じにスケジュールをびっしりと埋め、交際を広げ、痩せた体を少しずつ元に戻していった。

そんな矢先、小太郎が転勤することになった。埼玉の飯能にある支店に勤務することが決まり、東京から通うのは大変なので、引っ越すことにした。

「じゃあ、書店のアルバイトを辞めて、ついていくね」

鞠子は小太郎からその話を聞くとすぐにそう言った。「夫についていく」というのは、妻の美徳のように語られる定番のフレーズだ。深く考えずに、ステレオタイプのセリフを口にしているみたいだなあ、本心かどうかわからないなあ、と小太郎はいぶかしんだが、サラリーマンである小太郎に転勤を拒否するのは難しかったし、たとえ鞠子が少しぐらい嫌がったとしても説得して引っ越してもらうしかないと最初から思っていたので、あっさりと同意を得られたことにまずは安堵《あんど》し、不動産屋で転居先を決め、引っ越し準備を進めた。

夫の仕事によって妻の住む場所が移ることは世間でよくあることなので、アンナも不思議には思わないらしかった。

「じゃあ、いってらっしゃい。東京よりおいしい野菜があるだろうから、良かったね」

と送り出した。

鞠子は新生活を穏《おだ》やかに開始して、東京を離れたことには少しも不満を見せなかった。しかし、子どもを作ることや、親の看取《みと》りや、アルバイトといった、これまで夢中になっていたことがなくなり、寂しさを覚えないわけがなかった。

3
絵手紙

もともと友人の少ない鞠子が、引っ越しでさらに交際を減らし、孤独の中でやっと見つけたのが絵手紙というわけだった。

しかし、本を見ながら自分ひとりで適当にやる、と言って、サークルに入る気配はまったくない。

アンナは友だち作りを目的に多趣味になったのに違いないのだが、

「アンナさんの趣味に対する姿勢は邪道だ。でも、アンナさんがこれまで私のやることに口を出さないでくれたように、私もアンナさんに余計なことを言う気は毛頭ない。アンナさんはこれまでお父さんにべったりだったから、今はどんなに寂しいか、私にもよくわかるから、アンナさんとちょっとでも仲良くしてくれる人がいるなら、私からも頭を下げたいくらいだし、アンナさんの場合はその路線で趣味を楽しんでいけばいいと思う。けれども、趣味というのは本来は友だち作りのためのものではないと私の場合は考えているし、私は友だちは作らない」

と鞠子は宣言した。

「ふうん。まあ、ともかくこの鞠子の初絵手紙はアンナさんに送るんでしょ？　明日、僕が通勤途中にポストへ入れてあげようか？」

小太郎は適当に頷いてから、絵手紙に手をのばすと、

「ありがとう、じゃあ、そうしてもらえるかな？　でも、まだ絵の具が乾いていないから、ひと晩はこうやってちゃぶ台にのせておいて、明日の朝に持っていってくれる？」

鞠子は頼んだ。

「わかった」

小太郎は頷いて、そのヘタウマと言うよりは本当に下手な絵をじっと見た。


その葉書を投函《とうかん》して、一週間ほど経つと、今度はアンナから絵手紙が届いた。

半分に切ったタマネギの絵が描いてある。

「く、悔しい」

鞠子は呻《うめ》いた。アンナの絵は上手かったのだ。葉書からはみ出すくらいに描かれたタマネギは、濃淡のある茶色い皮に包まれ、紫色で影が足されてある。濃紺とベージュで表現された鱗葉《りんよう》の重なりが美しい。

「あはは、人づき合いも絵の技量も、アンナさんの方が上だったか」

小太郎は口を滑《すべ》らせた。

「まあ、そういうことだな」

意外にもあっさりと母親の偉大さを認め、鞠子は悔しいとは口に出しつつも、これから努力して母親よりも上手くなってやろうという野心は露ほども湧かないみたいだ。

「アンナさんは、絵手紙も趣味にしているの？」

小太郎が尋ねると、

「いやいや、私が絵手紙を送ったから、見様見真似でやってみたんでしょう。絵手紙なんて、誰でもなんとなくのステレオタイプのイメージを頭に持っているもんだから、描こうと思えば誰だって描けるよ」

鞠子は笑った。

「また、そんなこと言って。本気で絵手紙に取り組んでいる人だっているんだから、失礼だよ」

小太郎が咎《とが》めると、

「え？　だって、誰でもできることだからこそ、趣味にできるわけでしょう？　才能や努力が必要なことだったら、仕事にしかできないじゃんか。門が大きく開いているからこそ、趣味ってものの価値があるんだよ」

鞠子はさらに笑う。

「そういうもんかね」

小太郎はいぶかしんだ。

「ただ、アンナさんは独身時代に油絵を習っていた時期があるらしいんだよ。私を育ててくれていた間は描いていなかったけれど、実家の玄関にアンナさんの若い頃の『作品』が飾ってあるんだよね」

「あ、挨拶に伺《うかが》ったときに見たかも。新鮮なタマネギと腐ったタマネギがカゴに雑然と入っていて、その横に水瓶《すいびん》が置いてある絵だよね」

「そうそう、ありがちでしょう？　なんで趣味で油絵を描く人って、野菜とかカゴとか水瓶とか描きたがるんだろうね」

「練習として取り組むんじゃないの？　質感の違いがわかるように描きたいとか」

「でも、おかしくない？　今どき、野菜をカゴに入れたり、テーブルにのせたり、しないでしょう？　スーパーマーケットで買ったらエコバッグに入れて持ち帰って、そのまま即、冷蔵庫かストッカーに仕舞うよね？　布巾とか果物とか、上手い配置でテーブルにあるの、不自然じゃない？　むしろ、エコバッグを描くべきじゃない？」

鞠子は趣味の価値を語るくせに、趣味をからかって笑い続ける。

「この、添えられている文章も、いいね。『くだらないことのすべてが大事なこと』。うん、うん」

小太郎は、アンナからの絵手紙の、やはり「ステレオタイプのイメージ」で書いたと思われるふにゃふにゃした毛筆の文字を読み上げた。

「まあ、確かに絵手紙っぽい文章だよね。しかし、どういう意味だろうか？」

鞠子は首を傾げる。

「タマネギって、何枚も何枚も鱗葉が重なっていて、中心に何か大事なことが隠されているのかな、って思わせられるけれども、最後まで剝《む》いたところで、何も出てこないでしょう？　鱗葉そのものが大事なものだったってわけで、つまり、毎日の暮らしも、どこかに大事なことがあるわけじゃなくって、顔を洗うこと、小さな挨拶、雑多なことのすべてが大事なことだな、って、タマネギを見ていたら、そういう気づきがありました、って、そういうことじゃないかなあ」

小太郎は読解した。

「ほお、読み取りますな」

鞠子は肩をすくめ、それから葉書をレターラックに差した。

そのあと、おもむろに絵の具や墨汁《ぼくじゅう》を用意し始めた。次に隣の部屋で作務衣《さむえ》に着替えてきて、頭に白いタオルを巻き、最後に新しい葉書をちゃぶ台の上にのせた。

「その作務衣、どうしたの？」

小太郎は少し呆《あき》れながら尋ねた。

「通信販売で買ったんだよ。今は、スマートフォンさえあれば、どこに住んでいてもなんでも買えるね。宅配便で届けてもらえるから、本当にありがたいね。作務衣を着ていると、絵を描く人っぽいでしょう？　自分らしさを重要視するのじゃなくて、形から入ることを大事にできるのも、趣味の醍醐《だいご》味《み》だね」

鞠子はそう言って、うーん、と唸《うな》ると、絵の具をパレットに溶き始めた。そして、キッチンからエコバッグを持ってきて、それを見ながら筆を動かす。

「ナイロンの質感が出たね」

小太郎が適当に褒めると、

「そうでしょう」

鞠子は、無地の黒いエコバッグを黒の絵の具で描き、その上に少量の白い絵の具をのせて光沢を表現した。そして、エコバッグのイラストを縁取るように、「おいしそうな野菜」という言葉を書き加えた。

「なるほどね。『星の王子さま』に出てくる『ゾウをこなしているウワバミ』の絵みたいなことだね」

小太郎は指摘した。サン＝テグジュペリの傑作童話『星の王子さま』に登場する一風変わった王子さまは、ウワバミという蛇のような生き物が大きく膨《ふく》らんだ姿を絵に描き、「これ、こわくない？」と大人に見せて、一笑に付される。そのウワバミはゾウをのみ込んで腹ごなしをしている最中なのだが、大人はそんなことをわかろうとはしないのだ。大人になると想像力を失うことを王子さまは知り、落胆する。

「まあ、そういうことだね」

頷いたあと、「明日、ポストに投函してもらえる？」と鞠子は小太郎に頼み、ちゃぶ台の上に置いた葉書を団扇《うちわ》で扇いで乾かし始めた。葉書の表にはすでにアンナの住所が書き込んであったらしい。


投函後、また一週間ほどすると、アンナからの返信が郵便受けに届いた。

なんと、ナバナ、アスパラガス、スナップエンドウなどのおいしそうな春野菜がたくさん描かれている。スーパーマーケットに並んでいるような均一の形ではなく、まちまちの大きさで、それぞれ形も歪んでいる。余白に小さく「お隣の岩崎さんが区民農園で育てた野菜をくれました」と書いてある。

「こ、これは……」

鞠子は葉書を持つ手を震《ふる》わせた。

「やっぱり、ひねくれたアイデアだけで勝負した絵より、素直に野菜を描写したものの方が、ぐっとくるね」

小太郎は正直な感想を漏《も》らした。

「確かに、そうだ。認めざるを得ない」

鞠子は深く頷いた。

「次はどう返す？」

小太郎が尋ねると、

「家庭菜園の趣味を始めるしかない。市民農園に空きがあるかどうか、調べてくれないかな？」

鞠子は言った。

4
家庭菜園

市民農園は借りられなかったが、小太郎が職場の昼休みに雑談で、「最近、妻が家庭菜園をやりたがっていてさあ」と話したら、同僚の金氏《かねうじ》という男が、「うちの実家が農家で、今は母親が高齢になって縮小して地味にやっているから、隅っこの小さな場所なら貸せるかもしれない」と言ってくれ、その後、実際に母親と掛け合ってくれて、ひと隅を借りられることになった。

もうすぐ五月という時期なので、夏野菜を育てるために、苗を買ったり、晩春に蒔《ま》いても大丈夫なものは種を購入したり、鞠子は家庭菜園の準備を始めた。

「見て。やっぱり、種というのは可愛いものだねえ」

てのひらに小さな種を並べて、嬉しそうに小太郎に見せてきた。

確かに、種には可愛らしさがあった。この硬くて小さな粒から、青々としたものが吹き出すなんてにわかには信じられない。のちのち花が咲き実を結ぶなんて夢のようだ。土に埋めて、水を遣って、愛《め》でる。育児をしたい、という自分や鞠子のなかなか叶わない夢が、種たちによって癒されそうな気がした。

鞠子は種をイラストにして絵手紙を作り、またアンナへ送った。

芽吹きのシステムは種類によって様々で、温度差や、照度差、水分など、「さあ、顔出して」というシグナルをその種に合わせて送らないといけないらしい。鞠子はヨーグルトや卵の空きパックなどに水を張って種を浸したり、種類によっては冷蔵庫に入れたりして、その信号を送った。

それから、鞠子はベランダにプランターを置き、種を埋めた。数日後に小さな芽が出たとき、鞠子は小躍りした。ミニポットからミニトマトとゴーヤーとバジルとネギと朝顔の芽が顔を出している。

日曜日の朝、小太郎も鞠子と一緒に畑へ行ってみた。ピーマンとナスとオクラの苗が植えられていた。

葉っぱにちょっと触れるだけで、元気がもらえる。

引きこもりがちな鞠子だったが、植物とのつき合いで嫌でも日光を浴びたり、水に触ったりしなければならず、顔つきが明るくなった。心なしかすでに日焼けもしているようだ。

首の後ろまで隠れる農作業用の帽子をかぶり、黒い長靴を履《は》き、割烹着《かっぽうぎ》とモンペを着て、手袋をはめている鞠子は「農家のおばちゃん」という風貌だ。また形から入ったのだろう。

「その帽子やら服やらも、通販で買ったの？」

小太郎が尋ねると、

「これは、ホームセンターで買った。金氏さんに教えてもらったの」

鞠子は答えた。

「え？　金氏？」

小太郎は聞き返した。金氏というのは、小太郎の同僚の男だ。

「いや、金氏さんのお母さん。私は、金氏さんのお母さんのことを金氏さんと呼んでいる」

「そうか。いろいろ教えてくれたんだ？」

「そうなんだよ。場所を貸してくれただけじゃなくて、農作業のやり方も、教えてくれた」

鞠子がそう言うのを聞いて、小太郎は驚き、

「引っ越してきて、初めての友だちだね？」

と茶化した。

「友だち……。畑を貸してくれている人だし、かなり年上の人だし、こちらから『友人』と呼ぶのは失礼だけれど、そうかもしれない。野菜のことだけじゃなくて、この土地の話とか、ご近所さんの噂話とか、雑談もしてくれるの。金氏さんは良い人だ」

鞠子は頷いた。

「どんな方？　僕もご挨拶したいなあ」

小太郎が言うと、

「気さくな方だから、訪ねていったら喜んでくれるかも。何度か、お茶をごちそうになって、おうちは知っているんだ。今日、これからお邪魔してみる？」

いつになく鞠子は交際に積極的だ。

剪定《せんてい》や虫取りなど、ひと通りの作業を済ませて、手足を水道で洗ってから、畑を出た。駅前のパン屋でクッキーの詰め合わせを買ったあと、金氏さんの家を訪ねた。

古い造りの大きな家だ。黒い瓦屋根《かわらやね》と、白い壁に覆《おお》われていて、玄関は引き戸だ。赤いトタン屋根の犬小屋の前に、愛嬌《あいきょう》のある顔の柴犬が寝そべっている。おそるおそるインターホンを押すと、

「はあい。今、行きますよー」

よく通る大きな声が返ってきた。

「野原です」

鞠子もいつになく大きい声を出した。

「まあ、まあ、鞠子ちゃん」

金氏さんがにこにこと玄関に出てきた。ベージュの割烹着と、紺色のモンペをはいていて、鞠子の格好とそっくりだ。顔立ちは息子と似て、ふっくらとした頬の優しい雰囲気で、丸いメガネをかけている。

「こんにちは。今、おいそがしいですか？　夫が金氏さんにお礼を伝えたいって言うから、伺っちゃいました。ちょっとだけ、ご挨拶させてもらってもいいですか？」

鞠子が頭をぺこりと下げると、

「ええ、ええ、どうですか、畑は？」

金氏さんはまだ小太郎の方は見ずに、鞠子に話し続けた。

「とっても楽しいです。でも、オクラに虫がいっぱいついていました。ピーマンとナスは元気ですけれど、ちょっと枯れてきちゃった株もあって、やっぱり、難しいですね」

鞠子が頭を掻くと、

「そりゃあ、人でも植物でも、育てるっていうのは、そんな簡単にはいかないわね。でも、だからこそ、面白いじゃないの。自分の思い通りにならないからこそ、『ああ、この世界は自分が動かしているんじゃないんだな。他の力がたくさん働いている世界なんだなあ』って、そう思えて、寂しくなくなるじゃないの」

金氏さんはしみじみと言う。

「あの、鞠子の夫の野原小太郎です。この度は、畑を貸してくださって、ありがとうございます。これ、良かったら。お菓子です。鞠子から、とても親切にしていただいていると聞きました。本当にありがとうございます」

小太郎が話に割り込んで頭を下げると、

「まあ、ありがとうございます。息子の徹《とおる》がお世話になっております。銀行の方はどうですか？　徹は土いじりなんてまったくしないんです。私、畑についての話し相手がいなかったから、鞠子さんとのお喋りが楽しいんですよ」

金氏さんもお辞儀《じぎ》をしてくれた。

「徹さんには、僕がこちらの支店に移ってきてから、手取り足取り仕事を教えてもらっています。同い年ですし、徹さんがいるおかげで、仕事が楽しいです」

小太郎が言うと、

「それなら、良かったです。さ、立ち話もなんですから、上がってください。お茶を淹れますよ」

金氏さんは中に入るように促《うなが》した。

「それでは、お言葉に甘えて少しだけ……」

小太郎が再び頭を下げると、

「お邪魔しまーす」

鞠子は気軽に靴を脱いだ。

靴箱の上に、貝殻《かいがら》で作った犬の置物がある。

「これは……」

小太郎は思わず指差した。どう見ても既製品ではなく、手作りだ。あまりにもクオリティーが低く、芸術でも工芸でもない。白い二枚貝や茶色い宝貝がいくつもボンドでくっ付けられている。はみ出して固まったボンドは丸見えだ。ハギレやリボンで服やネクタイが表現してある。目玉は油性ペンで描き込んである。耳や尻尾の形から、それが犬であることがかろうじてわかる。

「それは私が作ったんですよ、単なる趣味でして。おほほ」

金氏さんは照れ笑いした。

「さすが」

鞠子が拍手する。

「はあ、あの……。可愛らしいですね」

しどろもどろになりながら、小太郎はなんとか褒めた。まあ、可愛くないわけではない。表情に愛嬌がある。金で遣り取りするような代物ではないが、無価値だと断言していいのかわからない。

「ポチをモデルに作ったんですよ。玄関の脇にいたでしょう、柴犬のポチ。白いところと茶色いところがあるでしょう？　そこに苦労しました」

金氏さんは「作品」の説明をした。

「そっくりですね」

嘘《うそ》ではない口調で鞠子が言った。

「さあ、さあ、どうぞ」

金氏さんはスリッパを出した。それは、白いスリッパを何かしらで草色に染めて、レースとビーズを縫い付けたものだった。

「これは、ご自分で染められたんですか？」

鞠子が尋ねると、

「ええ。大鍋で染料を煮て、スリッパを浸《つ》けたら、簡単に染まったんですよ。シンプル過ぎるのもつまらないと思って、レースとビーズで飾ったんです」

金氏さんは得意気だ。

「本当に素敵です。発想力で生活は豊かになるんですね」

鞠子が拍手すると、

「そうなのよ。何事もアイデア次第なんですよ。お金なんて、ギリギリごはんが食べられるぐらいの少なさでも大丈夫なのよ。豊かな気持ちになるためには、お金なんてかからないんですよ」

金氏さんは頷く。

「本当の豊かさとは一体なんなのか……。考えさせられます。ね、小太郎？　小太郎も素敵だな、って思うでしょ？」

鞠子は手を組んでうっとりした顔をしている。

「え、ええ。素敵です」

小太郎は笑いを堪《こら》えて頷いた。

「さ、こちらへどうぞ」

金氏さんは廊下の奥の部屋に案内しようとする。

廊下も壁も、見どころがいっぱいだった。

数字も枠も絵もすべて手描きのカレンダー、卵の殻を潰《つぶ》して作ったモザイクアート、農家の一年を表現したモチーフが異様なほど細かく刺繡《ししゅう》してある壁掛け、ハギレをいっぱい縫い付けて作ったカラフルなラグマット、カレンダーかチラシか何かのイラストを何枚も重ねて貼り付けて立体的にしたシャドウボックス、レースでふさふさのドアノブカバー……。

細かい作業にはかなりの時間や体力が使われているに違いなく、もしもその時間にアルバイトをしたら結構稼げるはずだから、効率が悪いと小太郎には感じられる。金を使わないように気をつけて生活するよりも、少しでも稼ぐように暮らした方が、精神的にも肉体的にも余裕ができ、実際には豊かになれるに違いない。細かい作業をする執念はどこから湧いてくるのか。おかしな努力に感じられて、どうしても笑いがこみ上げてくる。

「祈り……、のようなものですかね」

鞠子がため息をついた。

「そうよ、鞠子ちゃん。よくわかっている。祈りよ。手作業は祈り。みんな気がついていないけれど、実は祈りによって生活はできているのよ、はっはっは」

金氏さんは笑った。

「はあ」

小太郎は下を向いて笑いを噛《か》み殺《ころ》した。

「さあ、座布団《ざぶとん》をどうぞ」

客間の引き戸を開けて、金氏さんは座布団を小太郎と鞠子の前に置いた。

「ありがとうございます」

小太郎と鞠子は、素直に座布団に座った。やはり、座布団も手製のようだ。パッチワークのカバーで包まれていた。

そして、予想通り、障子の破れたところはモミジやイチョウの葉を挟んで修繕してある。

仏壇は丸ごと手作りだった。みかん箱に、かまぼこ板をリメイクした写真立てと、コーヒーカップに灰が詰まった線香立てが置いてある簡素なものだ。

「こちらは？」

小太郎が写真を見ながら尋ねると、

「主人です。もう亡くなって十年になります」

金氏さんは目を伏せた。

「お線香をあげてもいいですか？」

鞠子が言うと、

「ええ」

金氏さんは頷いてマッチをすり、橙色《だいだいいろ》のロウソクを灯《とも》した。

「このロウソクも手作りですか？」

鞠子が尋ねると、

「ええ、そうなんです。クレヨンで色を付けました」

金氏さんは頷く。

鞠子に続いて、小太郎も線香をあげた。写真立ての中の男性は、いかにも農家の人らしい、日に焼けた精悍《せいかん》な顔をしていた。

「金氏さんは、趣味を大事に生活していらっしゃるんですね。やはり、旦那様が亡くなってからですか？」

鞠子が言った。

「いえ、昔からです。子どもの頃からそういう性分でね。私は、お金を使うのが嫌いなの。お財布を出すとき、いつもドキドキしちゃう。だから、できるだけ財布を出さない暮らしがいいなあ、って。結婚して、金氏なんていう名前になって、それでもお金はあんまり好きじゃなくってね。うふふ」

金氏さんが口元を押さえると、

「あはは」

鞠子も腹を抱えた。

「でも、息子さんは銀行員になって、今は毎日お金を触っていますね？　徹さんは、札束を数えるのが上手ですよ」

　ちょっと意地悪な気持ちになって、小太郎は指摘した。

「あっはっは、本当にねえ。息子は拝金主義です。でも、私だって、『お金を触ると緊張するからできるだけ触りたくない』っていう気持ちがあるだけのことで、実際にはときおり触っていますからね。人よりは財布を出すことが少ない、という程度のことです。五日に一度はスーパーマーケットで買物をするし、税金の振り込みもするし。物欲だって、ありますよ。仙人じゃないんだから」

　金氏さんは手を叩いて笑った。

「そうですよね。お金を使うか使わないか、どっちかに決めることはないんですよね。あんまりお金に触りたくないなあ、っていう趣味の人は、ちょっとお金を触る程度の暮らしをすればいい、っていう、ただそれだけのことですよね」

　鞠子が頷く。

「なんだか居心地が悪いなあ」

　小太郎は肩をすくめた。

「小太郎さんも拝金主義ですか？」

　金氏さんが尋ねるので、

「いやあ、そんなことはないつもりですけどねえ。でも、正直なところ、お金は嫌いじゃないですよ。『働くことイコール人生』という気持ちはありますね」

小太郎は答えた。

「小太郎さんは、趣味を持っているんですか?」

金氏さんは質問を重ねた。

「ないですね」

小太郎は首を振った。

「働くことも大事ですけれど、お金のかからない趣味をひとつでも作っておくことをお勧めしますよ。若いときに仕事しかしないで、年を取ったあとに奥さんから離婚を切り出されたり、あるいは奥さんに先に死なれたりして、孤独に暮らしている男性がたくさん知り合いにいますよ、ふっふっふ」

金氏さんは笑いながら、アドヴァイスしてきた。

「怖いことおっしゃいますねえ」

小太郎は肩をすくめた。

「さて、お茶でも淹れましょうかね」

金氏さんは立ち上がり、台所の方へ消えた。

「良い人だね」

小太郎は鞠子に耳打ちした。しかし、そう言いながら、自分とはあまりにタイプの違う金氏さんに距離も感じていた。

「うん」

鞠子はにっこりして大きく頷く。鞠子の方は、金氏さんに心酔しているらしい。

困ったことだ、と小太郎は思った。趣味への傾倒は、子どもを待つプレッシャーに耐えかねての一時的なものだと小太郎は見ていた。でも、鞠子はどうやら人生をかけて趣味を行うことを考え始めている。金氏さんが、あまりお金をかけずに趣味を続けるのを見て、一時的な行為ではなく、持続可能な行為として趣味を捉え直したくなったのではないか。もしかしたら鞠子は、子どもを一生授かれないとしても、仕事をせずに趣味をしながら主婦をやっていく気なのではないだろうか。「金を使わない人生」のサンプルを集めたがっているのではないか。

「どうぞ。おもたせですが」

金氏さんがお盆を持って戻ってきて、小太郎と鞠子の前に湯呑みと急須とクッキーの皿を置いた。

「いただきます」

鞠子は手を合わせた。

「いただきます。……こちらも、ですか？」

小太郎はしげしげと湯呑みを見ながら尋ねた。全体的にいびつで、胴には湯呑みの絵が描いてある。

「ええ、私が作ったんです。友だちと温泉旅行へ行ったときに、陶芸体験をしたんですよ」

金氏さんは頷いた。

「なぜ、湯呑みの絵を描いたんですか？」

小太郎が尋ねると、

「形がいびつになっちゃったんです。見ただけでは湯呑みということがわからないだろうと危惧《きぐ》して、『これは、湯呑みですよ』って伝えるために湯呑みの絵を描きました。それに、湯呑みに湯呑みの絵が描いてあったら面白いでしょう？　ふふっ」

金氏さんが笑うと、

「あっはっは」

鞠子も腹を抱えた。

「今は、おひとりで暮らしているんですか？」

小太郎はクッキーを齧《かじ》った。甘党の小太郎には少し刺激が足りない、あっさり味のクッキーだった。

「ええ。息子は就職と同時に『自立したい』って言い出して、近所にアパートを借りて住んでいます。息子は結婚していないから、私たち、大人同士の素っ気ないつき合いよ。でも、そういう関係もサバサバしていいもんだわね。ひとり暮らしは、気楽でいいですよ。こうやって、自分の好きなものだけを部屋に置いて、自分が着たい服を着て、自分のタイミングで自分が食べたいものを食べて暮らす。子どもがいると、なんでも子どもに合わせて過ごさないといけませんからね。それはそれで楽しかったけれど、ひとり暮らしの自由ってのも、なかなか乙なものだわね」

金氏さんはお茶を飲みながら答えた。

「子どものいない人生でもやっていけるかな、って、私、最近、考えていたんです。ずっと、子どもが欲しいな、って思ってきたんですけれど、なかなか恵まれなくって」

鞠子は本音らしきことを告白した。

「そうですか。ええ、ええ、そりゃあ、子どもを育てない人生だって、楽しいに決まっていますよ。私のお友だちに、結婚しないで子どもがいない人も、結婚してずっと子どもがいない人も、どちらもいますけれど、どちらも幸せそうですよ。独身の方は、仕事をばりばりして、自分のお金でひとり暮らし用のかっこいい家を建てて、着ているお洋服がいつも可愛らしくて。結婚している方は、夫婦で毎年海外旅行へ出かけていて、去年はアフリカで夕日を見たって言っていたなあ」

金氏さんは頬に手を当てて遠くを見た。

「そう聞くと、子どもがいなくて幸せ、っていうのは、お金に余裕ができるから、ってことになるのかな、って思っちゃいますけれど……」

鞠子が、うーん、と唸った。

「あら、言い方が悪かったかしら。そうじゃないですよ。人それぞれの人生があって、子どものあるなしにかかわらず、誰にでも幸せは訪れるってことよ。でも、お金も大事だと思いますよ。お金があることで得られる幸せや、ないことで感じる不幸せはありますよ。私だって、お金は好きじゃないけれど、お金がゼロだったら趣味なんてできないものね。それでも、お金があり過ぎたせいで人を信じられなくなって悲しいことが起きたり、足りなくても生活を工夫していたおかげで面白いことが起きたりするから、やっぱり、結局は心の持ちようなんだと思うんですよね」

金氏さんはしみじみと言った。

「まあ、僕も、子どものあるなしや、仕事のあるなしにかかわらず、誰でも幸せになれると思っていますよ。ただ、僕の場合は、仕事を軸にして生活しているから、仕事をしないで幸せになる、っていうのは、ハードルが高く感じられますね。今の社会で生きていく場合、定収入がないことで感じる不幸せはかなり大きいんじゃないかな、って思ってしまいます。家族間での助け合いがあっても、いつでもそれぞれが自立できる状態であってこそ、いい関係が築けるんじゃないかなあ。金氏さんだって、徹さんが自立しているからこそ、今のいい関係があるわけですよね」

小太郎は、いびつな湯呑みでお茶をこくりと飲んだ。

「でもね、私、ちょっと思うのが、世間にある『働いていない人を責める雰囲気』が嫌だな、ってことなんです。ニートの人とか、引きこもりの人とか、世間が責める必要ないじゃないですか。今の時代、主婦も生きづらいですよね。とにかく、『働いている人だけが、えらい』っていう空気が漂っている。確かに、労働は尊いかもしれません。でも、そんなに胸を張られて、働いていない人を責め立てられると、反駁したくなりますよ。他の価値観もあるんじゃないですか？　って。軸は人それぞれ。仕事だけが軸じゃない。働いていない人は、本当に社会参加していないんでしょうか？　ニートや主婦は社会人ではないんですか？　って問いたいですよ。まあ、働いている人の税金で国が回っている、という考えもあるとは思いますけれど」

鞠子はクッキーをむしゃむしゃ食べて言った。

「あれ？　鞠子は、ニートと主婦を一緒にしていいと思っているんだ？」

小太郎は驚いた。

「一緒にしていいと思っているよ。ニートの人を悪く言うの、大嫌いだし」

鞠子は頷く。

「おほほ。面白いわねえ。私は、そんな風に難しく考えたことはないですけれどねえ。自立している人はかっこいい。でも、大して稼いでいなくても、自分なりに工夫することで生活して幸せになれたなら、それはそれで胸を張っていいんだ、って思っていますよ」

金氏さんはレースのテーブルクロスを撫《な》でた。

「他立していても、かっこいい人だっていますよね」

鞠子は、うん、うん、と頷いた。

「でも、自立するに越したことはないですよね」

小太郎はしつこく言った。

「小太郎にとっては、自立っていうのは大事なことなんだね」

鞠子は横目で小太郎を見た。

「なんか、含みのある言い方だね」

小太郎は片眉を上げた。

「いや、だって、自立が好きな人は、そりゃあ、自立をしたらいいと思うけれどもさ。誰に対しても、『自立をすればするほど良い』っていう目線を向けるのは、どうなんだろうね？　そういう目で見たら、社会的な援助を受けて生活している人は、当然の権利を行使しているわけじゃなくって、かわいそうな人だから助けを受けているってことにならない？　他の人から見下されるっていうかさ」

鞠子は湯呑みの水面を見た。

「おいしいわねえ。このクッキーは駅前のパン屋さんの？」

金氏さんが、ナッツが練《ね》り込《こ》まれた丸いクッキーをパリンと齧った。

「そうです」

鞠子が頷くと、

「私はあんまり冒険心がないもんだから、新しいお店ができても、なかなか行かないのね。あそこのパン屋さんのパンはおいしいって噂では聞いていたのよ。クッキーがおいしいから、パンもおいしいのかもしれないわねえ。今度、行ってみようかしら」

金氏さんはクッキーを咀嚼《そしゃく》した。

「趣味でパンを焼くことはしないんですか？」

小太郎が尋ねると、

「数年前にパン教室に通ったことがあるんですよ。でも、その教室は先生へのお礼や食材の購入に費用がかさんだものだから、すぐに辞めちゃったのよね」

金氏さんは頬杖《ほおづえ》をついた。

「お金のかからないことだったら、趣味のために教室やサークルに入ることはあるんですか？」

鞠子が質問した。

「ええ、友だちができると楽しいじゃない？　ゼロ円ってところはないですけどね。少しのお金で通える会だったら、入りたいなあ、って思いますね」

金氏さんが頷く。

「今は、何かの会に入っているんですか？」

今度は小太郎が質問した。

「ええ、キルトのサークルと、俳句の会に入っていますね」

金氏さんは頷いた。

「キルトっていうのは、あの布みたいなものですか？」

棚にかけられているカバーを小太郎が指差すと、

「そうです。みんなで輪になって座って、他愛のない話をしながら、目線は自分の手元に落として、ちくちくちくちくちく針を動かしていると、お腹の底からふつふつふつふつと喜びが湧いてくるんですよ。手作業っていうのは、人の心を整えますね。手作業は祈りよ」

金氏さんがにっこりした。

「そうですか。俳句っていうのは?」

鞠子がお茶を飲みながら聞くと、

「俳句っていうのは、言葉を五、七、五の十七音で捉える、定型詩ですよ。とはいえ、私にはもともと言語センスなんてないし、上手いのは詠めないんですけどね。知り合いに誘われて句会に入って、無理やりに挑戦してみたら、短いからなんとか詠めて、今も続いています。『季語』って呼ばれる、季節を感じさせる言葉をひとつ、十七音の中に取り入れなければならない規則があるでしょう? だから、俳句を続けていると、普段の生活の中で季節に敏感になったり、新しい季語を知って『こういうことで季節を感じられるのね』って驚いたりして、日々が楽しくなるんですよ。他人を唸らせるようないい句は詠めなくても、自分の中で季節を楽しめるようになったから、俳句はいいものだな、って思いましてね。何より、お金がかからないのがいいわね」

金氏さんが言った。

「私は、コミュニケーション能力が低くて、みんなの輪に入ることを億劫《おっくう》に感じてしまっていたんです。趣味をやるのは友だち作りのためじゃない、って思っていて。でも、いつかサークルかクラブか、何かしらには入ってみたいな、と少し考え始めていたんです」

鞠子が意外なことを言い出した。

「そう、誰だって新しい仲間と会うのは怖いわね」

金氏さんは笑った。

「その俳句サークルは、新しい人を募集していますか？」

鞠子が尋ねる。

「募集ってほどではないですけれど、入りたい方がいればいつでも歓迎ですよ。今度、見学してみますか？」

金氏さんが言ってくれたので、

「お願いします。いつ活動していらっしゃるんですか？」

鞠子は頭を下げた。

「毎週、土曜日の十三時から、市民センターの一室を借りてやっているんですけれど、ご都合いかが？」

金氏さんは説明を始めた。

「土曜に限らず、私はほとんどの日が空いています」

鞠子は答えた。

「じゃあ、早速、来週の土曜日に来てみますか?」

金氏さんが誘う。

「ええ、みなさんのご都合さえ良ければ、お願いします」

鞠子はもう一度頭を下げた。

「『雨の会』という句会です。代表は阿久津《あくつ》さんっていう八十五歳の男性で、リーダーは小山《こやま》さんっていう七十二歳の女性です。一番若い方で、確か、四十二、三歳の稲村《いなむら》さんっていう女性がいるわよ。でも、他はおばあちゃんおじいちゃんが多いけれどいい?」

「ええ」

鞠子はニッコリして頷いた。

「小太郎さんはどうする? 土曜日だから、お仕事はお休みねえ。でも、おばちゃんやおばあちゃんたちと句会なんて、お嫌よね。あはは」

金氏さんは笑った。

「え?」

矛先《ほこさき》が自分に向けられるとは思っていなかったので、小太郎はおどおどした。

「わあ、そうか、小太郎も入ればいい。そしたら、私も緊張せずに行けるし、一緒に入ってくれたら、こんなに嬉しいことはない」

調子に乗って、鞠子も小太郎を誘い始めた。

「うーん。鞠子は言葉遊びが得意なのかもしれないけれど、僕は語彙《ごい》も少ないし……」

小太郎が口の中でもごもごと言うと、

「だから、趣味っていうのは、上手い人が優遇されるものじゃないんだってば」

鞠子がじれて言った。

「うーん、それだったら、見学だけでも、お邪魔してみようかなあ」

小太郎が呟くと、

「そうですね。雰囲気を見て合わなそうだったら入るのを見合わせたらいいですよ。見学だけで、入らなかった人も、これまでたくさんいましたから。それじゃ、来週に見学者さんがお二人いらっしゃいます、って、あとで私からリーダーにメールしておきますね」

金氏さんが、棚の上のパソコンを指差した。

「メールで遣り取りしているんですか？」

鞠子が質問すると、

「ええ、そうです。詠んだ句もリーダーにメールで送っています」

金氏さんが頷く。

「その句を、良いとか悪いとかみんなで言い合うんですか？」

小太郎が尋ねると、

「ええ。当日にリーダーが清書してコピーしたものをみんなに配ります。そのあと、選句します。

自分が良いと思った句を書き写して、『天』とか『地』とか『人』とか、一番良いものから三番目に良いものまで順位を付けます。それを集計して、良いとか悪いとか言い合うんです」

金氏さんは紙を配る真似をした。

「うーん、つらいなあ」

小太郎は頭を抱えた。

「最初から『良い句ではない』って思っていれば、何を言われたって平気よ。駄目な句でも、勉強になればいいじゃないの。それと、月に一回は、吟行《ぎんこう》に出かけますよ」

金氏さんは、今度は窓の向こうを指差した。

「吟行って、なんですか？」

鞠子が湯吞みを干して質問した。

「みんなで外に出るんです。要は散歩しながら、句を詠むんですよ。同じところに行ったのに、違う句が生まれるから、不思議でしょう？」

金氏さんが説明した。

「そうですね」

小太郎は頷いた。

「それじゃあ、来週の土曜日に市民センターに来てくださいね」

金氏さんはにっこりした。

5 俳句

その翌日、金氏さんから、「せっかくなので、投句もしてみますか?」というメールが鞠子のメールアドレスに届いた。兼題《けんだい》といって、あらかじめ決められた同じテーマで句を詠む、というやり方と、当季雑詠《とうきざつえい》といって、それぞれが自由に今の季節の季語で詠むやり方と、「雨の会」ではその二つのやり方の句会が交互に開かれているそうだ。次回は兼題なので、「枇杷《びわ》」をテーマに詠んでください、とのことだ。

それで、小太郎と鞠子はスーパーマーケットに行き、穏やかなオレンジ色をした枇杷をひとパック買ってきた。

それぞれ枇杷をてのひらにのせてしげしげ眺めたり、ちょっと齧ったりしながら頭をひねり、句を詠んだ。句会では誰がどの句を詠んだのかわからないようにして優劣を話し合うと言っていたので、小太郎と鞠子もお互いにどんな句なのかまったく教え合わず、こそこそとリーダーの小山さん宛てにメールを送った。

そうして、土曜日になった。

小太郎と鞠子は連れ立って市民センターへ向かった。入口に掲げられたホワイトボードに、「3階小会議室13時より『雨の会』」と、上手いが読みにくいいかにも年配者の筆跡で書いてあった。そこで、エレベーターで三階へ上がる。

小会議室は学校の教室のような作りの素朴な部屋だった。七人の男女が机を動かしたり、紙を配ったりして、句会の準備をしている。「しまった、時間ぴったりに来たら遅かったか」と小太郎は焦った。年齢を重ねている人は十分前行動を基本にしている人が多いものだ。銀行でも、年上の人との約束をしたら自分は二十分ぐらい前に着くようにしてきた。今日はのんびり屋の鞠子が一緒だからつい気が緩んでしまったが、もっと早く来れば良かった、と後悔していると、

「まあ、小太郎さん、鞠子さん、よくいらっしゃいました。みなさん、今日の見学者さんです」

金氏さんが気がついてすぐに寄ってきて、他の人たちに紹介をしてくれた。

「まあ、いらっしゃい」

「気軽にね」

みんなが口々に声をかけてくれる。

そのあと、金氏さんが椅子を引き、

「こちらにどうぞ。お二人並んで座りたいですよね」

と着席を促した。

「野原小太郎です。俳句は初めてで緊張していますが、よろしくお願いします」

小太郎が頭を下げると、

「妻の野原鞠子です。今日は見学させていただきます。よろしくお願いします」

鞠子も小太郎を真似してお辞儀して、二人は椅子に腰掛けた。他の七人も席に着いた。

「それじゃあ、句会を始めましょう」

と七十代の女性が挨拶した。おそらく、リーダーの小山さんだろう。すると、投句を清書したもののコピーと思われる紙の束が回ってきた。小太郎のところにもきたので、一枚取って手元に置き、残りの束を鞠子に渡す。鞠子も一枚取って、隣に渡していた。

「行き渡りましたか？　自分が良いと思う句を六つ選んで、その句の下に丸を付けてくださいね」

小山さんが小太郎たちの方を見ながら説明してくれる。

言い回しが堅苦しかったり、読めない漢字があったりして、小太郎にはいまいち意味が読み取れないものも多くあったが、「べつに、意味などわからなくても、美術と同じで、『なんとなく雰囲気がいいな』という味わい方で構わないだろう」という軽い感じで良し悪しを適当に決めた。

それから、紙が回収され、集計され始めた。その間、他のみんなはわいわいと雑談をしている。

「この方が、稲村さんですよ」

金氏さんが、鞠子にひとりの女性を紹介した。

「稲村日登美《ひとみ》です、初めまして」

先日、「会の中では一番若い」と金氏さんが言っていた人らしい。四十代らしいので、三十を越えたばかりの鞠子とはおそらく十歳ぐらい差がある。でも、稲村さんには潑剌《はつらつ》とした雰囲気があって、まだ「おばさん」と呼ぶのは悪い感じがある。さっぱりした短髪で、メンズライクな白シャツをラフに着て、ボーイフレンドデニムをはいている。色気のない美人、という感じだ。

「あの、初めまして、野原鞠子です」

鞠子が挨拶を返す。もともと鞠子は小柄で可愛らしい顔立ちをしているのだが、このところファッションがおばさん化しているので、鞠子の方がおばさんぽい。

集計が終わると、リーダーの小山さんが、

「では、発表しますね。『天』は……」

と票の多い順に「天」「地」「人」の三位までの句を読み上げる。すると、読み上げられた句の作者が名乗りを上げる。

鞠子の俳句も小太郎の俳句も読まれなかったが、続いてそれぞれが選んだ六句を全部発表していく段になると鞠子の詠んだ「花壇にて口からポトリ枇杷の種」に一票、小太郎の詠んだ「テラス席小鳥は枇杷で僕はパン」には二票、誰かに票を入れてもらえたことがわかった。小太郎は、「誰かしらにちょっとでも『良い』と思ってもらえるというのは、嬉しいことだなあ」と腹の底がじんわりと熱くなったのを感じた。

　そのあと、わいわいと句の良し悪しについてみんなが語り出したので、鞠子と小太郎は黙って耳を傾けた。俳句の知識はさっぱりで、興味もない小太郎だが、言葉の受け取り方や季節の感じ方の勉強になった。

「それから、今回のみなさんの投句に対する、阿久津さんの評です。『みなさん、とてもいいと思います。枇杷というのは、甘い、甘い、それでいてオレンジ色です』」

　小山さんはプリントアウトしたメール文らしきものを読み上げた。すると、鞠子の隣に座っていた稲村さんが、鞠子と小太郎にこそこそと、

「この『雨の会』の代表は阿久津さんっていう有名な俳人で、みんなもともと阿久津さんに教えを乞《こ》うために入会したんです。でも、阿久津さんは四年ほど前に病気で入院して、それからは句会に出席することがなくなったんですよ。今は、退院しておうちにはいらっしゃるみたいなんですけどね。メールでの遣り取りをリーダーの小山さんが交わしているだけなんです」

　と話しかけてきた。

「そうなんですか」

　よくわからないままに小太郎が相槌《あいづち》を打つと、

「阿久津さんも、投句しているんです。そうして、みんなの投句が集まったら、リーダーの小山さんがまとめて、代表の阿久津さんに転送して、アドヴァイスを仰《あお》いでいるんです。ただね、阿久津さんが詠む俳句は、もう昔の阿久津さんの俳句じゃないんですよ」

稲村さんは小さな声で説明した。

「年を重ねて、違う味が出てきたんですか？」

鞠子が素直に質問した。

「ううん、もう、言葉の使い方が、ちょっと変なんです。阿久津さんは、認知症にかかられたみたいなんですね」

稲村さんが答えた。

「あ……」

なんと言っていいのかわからず、小太郎は黙った。

「評の言葉も、だんだんとよくわからないものになってきていて……。私たちもどういう風に受け止めたらいいんだろう、って、正直なところ、悩んでしまったんです。でもね、リーダーの小山さんが、『阿久津さんは、句会には出席できなくても、みなさんの句が届くのをとても楽しみにしているみたいです。〝雨の会〟が阿久津さんの心の支えになっているような感じも受けますから、これからも阿久津さんの教えを乞いましょう』っておっしゃってね」

稲村さんは穏やかな声で続けた。

「素敵ですね」

鞠子が静かに言った。小太郎も同感だったので、頷いた。

「そう。私たちも、本当にそうだな、と思ったんです。私たちは、べつに、プロの俳人になりたいわけじゃないんです。俳句に関わって、自分たちの暮らしがほんの少しだけ輝いたらいいな、って、その程度の気持ちなんです。昔の阿久津さんの、まったく無駄を作らない、ナイアのような俳句センスも大好きなんですが、それを教えてもらえなくったって、まったく構わないんですよ。阿久津さんがちょっとでも元気になってくださる方が、嬉しいんですよ」

　稲村さんも深く頷いた。

　そのあと、机の位置を元に戻して、句会は解散になった。想像していたよりも短く、あっさりした会だった。

　入会するかどうかは特に問われなかったので、鞠子と小太郎は礼を言って退室した。

　道すがら、

「どうだった？」

　小太郎が尋ねると、

「私は、これからも俳句を続けてみたいな」

　鞠子はにっこりして答えた。

　それで、家に帰ってから金氏さん宛てに「夫婦で入会したいです」とメールを送った。

　鞠子は、枇杷の絵に俳句を添えてアンナに絵手紙を送った。

　数日後に「俳句を始めたんですね。私はパソコン教室に通い始めました」という返信が届いた。

絵手紙ではなくて、パソコンで写真と文字をレイアウトして作られた葉書だった。

「パソコンだって。まあ、これからの時代、パソコンを使えるようになった方がいいよね」

鞠子は葉書を見ながら呟いた。

「なんかさ、鞠子とアンナさんって、重要なことは伝え合わないんだな」

小太郎は二人の遣り取りに対する感想を漏らした。

「重要なことって何？」

鞠子が首を傾げるので、

「え？　たとえば、『元気ですか？』とか……」

小太郎は答えた。

「あはは。『元気ですか？』って重要なこと？」

「いや、相手の健康状態はどうかとか、いつ会えるかとか、もっと『用事』はないの？」

「そういえば、そんなこと聞き合わないね」

「親ってさ、『結婚はまだなの？』とか、『子どもはまだなの？』とか、子どもにずけずけ聞いてくる人もいるって話だけれども」

「ああ、そういえば私は父親からも母親からも結婚や孫を催促されたことが皆無だ。確かに、『親ってものは子どもに結婚したり出産したりさせたがるものだ』という思い込みを私も持っていたけれど、これまでも今も、アンナさんはまったく言ってこないし、孫に会いたいという気持ちは本当に持っていない気がする」

「親といっても、それぞれなんだな。親だからって、みんな同じような親じゃないよな」

「そうだね。でも、小太郎のお母さんもお父さんも、何も言ってこないよね」

「うん。うちの親は、心の底には孫を見たい気持ちも少しは持っているかもしれないけれど、僕たちに自立してもらいたい思いの方が強いだろうね。鞠子に『小太郎と結婚して良かった』と思ってもらうことを優先しているんじゃないかな。高卒の僕に、院卒の奥さんが本当に満足してくれるのかしら、って、そんな心配があるようだし」

「じゃあ、申し訳ないね」

「いやいや、誰だって、他の誰かに何かを望んでしまうことってあるでしょう？　仕方がないよ。望まれたからって、こっちがそれに応えなければならない道理もないし。とにかく、僕自身が幸せだってところを見せて、鞠子も結婚生活に満足しているっぽいよ、と伝えておくから大丈夫だよ」


俳句の結社は月に一回か二回程度の句会を開くところが多いらしい。だが、「雨の会」は毎週ある。とはいえ、しょっちゅう休む人や、自分の句を提出していないのに句会にだけ参加する人がいるゆるい会なので、気楽に続けていくことはできそうだ。年配の人が多い会なので、俳句の技術を切磋《せっさ》琢磨《たくま》することよりも、「今週も生きていますよ」と顔を合わせて確認することの方に会の意義があるのかもしれなかった。

それで小太郎も「気軽にやればいいや」となって、仕事がいそがしくて詠む気がしないときや、疲れて句会に出る気分ではない日はサボった。

鞠子は、絵手紙、家庭菜園、俳句、と三つの趣味を手に入れてほくほく顔だ。アンナと週に一、二度の絵手紙の遣り取りをし、二日に一度は家庭菜園を見にいき、句会には毎週休まずに参加した。

「雨の会」には、月に一度、吟行の日がある。戸外に出て、俳句をみんなで詠むという。川沿いをブラブラと歩いたり、神社でお参りをしたりする。「みんなで詠む」といっても、その場で詠むわけではなく、散歩のあとは解散になり、それぞれ見たり感じたりした題材で俳句を詠んでリーダーの小山さんに送り、次の週の句会であれこれ言い合う。

小太郎が休んでいる隙に、鞠子は例の「鞠子が入るまでは『雨の会』の中で一番若かった、とはいえ鞠子とは十歳ぐらい年の離れている稲村さん」と仲良くなっていた。人見知りの鞠子のことなので、おそらく稲村さんの方から鞠子にいろいろ話しかけてくれたのだろう。

吟行の際も、鞠子と稲村さんが常に並んでいるので、小太郎はひとりで黙ってあとからついていくか、金氏さんに気を遣われて雑談しながら歩くことになった。それでも、鞠子に友だちができたことは良いことだ、と考えた。

神社でお参りをしたとき、稲村さんが、

「受賞しますように」

　と呟いた。

「受賞？」

　鞠子が尋ねると、

「私、小説も書いているんですよ。昨年、ある雑誌の新人賞に応募したので、それが受賞したらいいな、って、お祈りしてしまいました」

　稲村さんが肩をすくめて笑った。

　小太郎は鞠子と稲村さんの後ろをとぼとぼと静かに歩いていたので、稲村さんのセリフはすべて耳に入ってきてしまう。それで、参道を戻りながら、

「俳句と小説って、似ているんですか？」

　つい、話に割り込んでしまった。

「え？　いいえ、似てはいないと思います」

　稲村さんは振り返って答えた。

「でも、稲村さんの趣味は俳句と小説の二つ、ということですよね？」

　鞠子がつっ込むと、

「ええ、そうですね……。似てはいないと思いますけれど、どちらも言葉を使う芸術で、私はとにかく言語センスを磨きたいものですから、俳句と小説を別種のものだと捉えながらも、それぞ

れに取り組んでいます」

稲村さんは鳥居をくぐりながら答えた。

「小説かあ」

鞠子がにやにやしながら呟いた。

「あ、鞠子も書きたくなったんでしょう？　でも、さすがに小説はそんなに簡単なものじゃないんじゃないの？　長いからさ、書くのが大変じゃないか」

小太郎は砂利をじゃくじゃくと踏みながら、鞠子の心を推察した。

「……小説、難しいですか？」

図星だったらしく、鞠子は稲村さんに質問した。

「うーん、そんなに難しくはないですよ。俳句の方が難しいような気がします。鞠子さんも、試しに小説を書いてみたらどうですか？　私、小説の方はサークルなどには入っていなくて、ここ五年ほど、特に友人には言わず、仲間は作らず、ひとりでこそこそと書いては新人賞に応募するのを繰り返しているだけなんです。良かったら、鞠子さんも書いて、お互いに読み合いませんか？」

稲村さんは、亀が泳ぐ池の前に立ち、銀色の手すりに片手を置いて、鞠子を小説の世界に誘った。

「私、以前は大学で文学を研究していたんです。『あくまで私は研究者で、創作は自分の仕事ではない』と考えてきたんですけれど、趣味としてなら、チャレンジしてもいいかも。書いてみます」

あっさりと鞠子は小説への扉を開いた。

6
小説

鞠子は小太郎の出勤時間と合わせて家を出るようになった。小太郎はスーツ、鞠子はモンペ姿で四角いディパックにノート型パソコンを入れて背負う。駅に向かう道と畑に向かう道が分かれるY字路で手を振り合って別れる。鞠子は畑に行って、帽子と長靴を装着し、水遣りや虫除けなどの簡単な畑仕事をする。そのあと、汚れた服はビニール袋に入れて、長靴は金氏さんの物置に置かせてもらって、さっぱりした姿で、近所の喫茶店へ移動し、三時間ほどカチカチと小説を書くという。のんびりとやっていて、原稿用紙五枚程度の分量の文章が書けたら、パソコンを閉じるらしい。

稲村さんは新人賞に応募しようと考えて執筆しているらしかったが、

「私は、そういうのには応募しない」

鞠子はきっぱりと宣言した。

「どうして？　せっかくなんだし、でき上がったら腕試しにどこかの出版社の新人賞に送ってみてもいいんじゃないの？」

小太郎が勧めてみたところ、

「だって、新人賞っていうのは、『作家になりたい』っていう目標を持っている人が挑戦するものなんじゃないかな。仕事として小説を書きたいと考えている人が、仕事の道に繋がる門を開こうとしているわけだよね。いわば就職試験っていうかさ」

鞠子は腕を組む。

「なるほど。鞠子は仕事として小説を書きたいわけじゃなくて、趣味として小説を書きたいわけだから、趣旨が違うっていうことか」

小太郎が納得すると、

「そう。……とはいえ、これは私の考え方に過ぎなくて、稲村さんは『作家というのは職業ではなくて生き方だ』って言っていたよ。『小説で稼がなくても、小説を書く人はみんな作家だ』という考え方らしい。だから稲村さんは、もう作家なんだよね。そういうわけで稲村さんは作家になりたいんじゃなくて、書いた小説がきれいな装丁に包まれたり、美しい活字になったりすることに憧《あこが》れていて、新人賞に応募するのは本にすることを目指しているからなんだってさ。自費出版は大変だから、出版社にお金を出してもらいたいんだって」

鞠子は顎《あご》に手を当てながら説明した。

そうして、鞠子は原稿用紙に換算すると百枚ほどになる長さの小説を、一ヶ月半ほどで書き上げた。

その間に、稲村さんも六十枚ほどの小説を仕上げていた。新人賞の結果待ちをしていた前作は百五十枚ほどの小説で、力作だったらしいのだが、とうとう結果が出て、二次選考止まりだった。稲村さんとしては、残念な気持ちはもちろん湧いたが、それでも雑誌の受賞作発表のページの二次選考通過の欄に自分で考えたペンネームとタイトルが載ったというだけで、飛び上がるほどの嬉しさを味わったという。

書店で単行本として見かける小説は三百枚くらいの長さのものが多いらしいので、鞠子と稲村さんが取り組んだのは短編あるいは中編小説と呼ばれる短めのものだ。

約束通りに二人は小説を交換して読み合うことになった。メールで送り合い、それぞれ読み終えたあと、「合評しよう」と盛り上がり、喫茶店で感想を伝え合った。趣味の小説なので、お互いに「すごく面白い」「登場人物に魅力がある」「文体がチャーミング」「とにかく良い」などとひたすら褒め合って、まったく批判は出なかったらしい。

にこにこと「合評」の結果を報告してきた鞠子に、

「え？　それって、読んでもらう意味があったの？」

つい小太郎は本気で駄目出しをした。

「どういうこと？」

鞠子はぽかんと口を開けた。

「小説を書くっていうのは、服を脱いで世間に挑《いど》むことなんだよ。無防備なところをナイフでえぐられて、それでもまた書こうと思うのが作家なわけ。ぬるま湯の中で、『いいね』『いいね』と褒め合って、何が作家だ」

小太郎は毒舌が止まらなくなった。

「じゃあ、どうしたらいいわけ？」

鞠子は首を傾げた。

「やっぱりさあ、もっと厳しい目を持った人に読んでもらったり、新人賞に応募したりして、苦い思いをした方がいいと思うね」

「じゃあ、小太郎が書いたらいい」

「おう、書いてやろうじゃないか」

売り言葉に買い言葉で、小太郎も小説を書くことになった。

とはいえ、小太郎は国語が得意ではなかった。いや、国語だけでなく、どの教科も得意ではなかったのだ。学校での勉強は、数学は少しだけできたが、小学校から高校まで、どの教科も概《おおむ》ね「中の下」といった成績を付けられた。また、読書量も多くはない。今は、ときどきベストセラー小説を手に取る程度だ。古典は、ほとんど知らない。

大学院まで行って文学を研究した鞠子に、知識や頭の良さで敵《かな》うわけがなかった。だから、

「頭が良さそうな文章を書くことは、あきらめよう」と小太郎は早々に「頭の良い文章」を捨てた。昔は作家に「知識人」「先生」といったイメージがあったが、今は変わってきている。パソコンやインターネットが発達したこともあり、頭の良さの価値は下がってきている。

美術だって、昔は、「絵の上手さ」に感心する風潮があったように思うが、今は、現代美術の展示に出かけても、上手い、頭が良い、と感じさせる作品をほとんど見かけない。価値の革命を起こしている、社会的な問題を風刺して「頭が良い」よりもむしろ「このアーティストは、バカだ」と笑わせてくるような作品が、どーんと陳列されている。批評家だけでなく、一般の観覧者も、ばかばかしい作品の楽しみ方を習得し始めている。アーティストに対して、尊敬ばかりでなく、フラットな視線を向ける人が増えているのだ。東京に住んでいた頃は、頻繁に美術館へ出かけていた小太郎なので、美術の世界の変化はなんとなく肌で感じていた。

文学にも応用できる、と小太郎は思う。研究者の鞠子よりも、スレていない自分の方が、価値の革命を起こすばかばかしい作品を書けるに違いない。だから、知識が少ないことはむしろ自分の長所と捉えて、堂々と小説を書いてやろう。

文学の世界では、学歴は関係ないはずだ。

小手先で挑むのではなく、全身全霊で挑めば良い。上手く書こうなんて気負わずに、自分がどうしても書きたい社会問題に体当たりして、めちゃくちゃに書こう。

そうして、小太郎は通勤の道すがら自分の心を探り、昼休みにアイデアノートを広げ、帰宅後にちゃぶ台で思索を続けた。

テーマは「金」に定めた。

「現代日本では学歴社会が崩壊する」と度々耳にしながらも、銀行員としては高卒の自分がえらくなれそうにはどうしても思えてこないし、そもそも小太郎は自分の労働によって得た金で生活をしたかっただけであって、えらくなりたいなんて気持ちは子どもの頃から抱いてこなかった。

小太郎は、ずっと金に興味を持ってきた。

世の中には、経済小説がたくさんあるが、高い視点から書かれたものが多い。小太郎なら、低い視点から書ける。ミクロな経済活動を書こう。

アイデアノートへ曼荼羅《まんだら》のように思いつきをメモし、考えをまとめていった。

そうして、『百円ショップの魔術師』というタイトルを掲げ、執筆を開始した。今の世の中には、「ケチな男性」を貶《おとし》める空気がある。景気が悪くなった現代では、数十年前と違って車やマンションやブランド服を持っている男をちやほやする風潮は消えた。でも、「家計簿をつけている」「百円ショップのグッズばかりで生活している」といったことは相変わらずかっこ悪いとされている。これでは、金を通して男性を「かっこいい」と言ってもらう機会がなくなってしまう。同じことを女性が行ったら「節約家」と崇《あが》められるのに、男性がやったら「ケチな男」と蔑《さげす》まれるのはおかしい。「今あるお金を大事にして、賢い消費者になろう」と頑張る男性の素晴らしさに世間は気がつくべきだ。いや、自分が気がつきたい。正直なところ、小太郎自身も、「男の魅力は稼ぐこと」という思い込みを持ってしまっていた。小太郎も差別をしていた。鞠子との暮らしの中で、自分自身の「労働」に対する差別的な考えを変えていきたい、と思うようになった。日々の小さな消費も大事な経済活動だ。

『百円ショップの魔術師』の主人公の敬太《けいた》は、自分よりも高収入の妻を尊敬しており、妻を超えることが自分の役割ではないと、消費力を身につけようと努める。「たくさん稼ぐ男ではなく、百円玉を上手く使える男になろう」と百円ショップに通う。百円のしょう油差しを買うかどうかで三時間悩む。この三時間の葛藤《かっとう》に原稿用紙十枚分の文章を使った。子どもが生まれたあとも、「百円玉で家族を幸せにしよう」という敬太の奮闘は続く。

ノートに書いた小説は字が雑で自分にしか読めない代物だったので、パソコンで清書した。朝活や休み時間といった隙間時間の活用で行った執筆だが、構想から清書まで、かかった時間はひと月ほどだった。分量は、原稿用紙に換算すると二百三十枚ほどだ。プリントアウトして封筒に詰め、有名な出版社の新人賞宛てに送った。

すべて終わってから、

「小説が書き上がってさ、新人賞に送ったんだよ」

小太郎は鞠子に報告した。

「すごいね」

鞠子は拍手した。

「そうでしょ？」

小太郎が胸を張った。

「こんなに短い期間で仕上げるなんて」

「なんだ、時間のことか。まあ、必死でやったからね」

「趣味って、必死でやることじゃないのに」

「僕は趣味のつもりがないんだよなあ」

「読んであげようか？」

鞠子が上から目線で、踏ん反り返って手を出してきたので、

「いやあ、ちょっと待ってよ。数ヶ月で結果が出るからさ、落選したら読んでよ」

小太郎は首を振って断った。

「え？　どうして？」

「まず編集者に読んでもらうべきだと思うんだな。プロとして書いたものは、最初にプロに読んでもらわないと。編集者と信頼関係を築いてこそ、プロの作家になれるってもんさ。仕事の場でも妻ばかり信頼していたら、他の仕事人と腹を割ってつき合えないだろ？」

「だけど、新人賞に送られてくる作品って千も二千もあるみたいだよ。全部を編集者が読むんじ

ゃなくて、下読みの人が最初に選《よ》り分《わ》けるんじゃないかなあ」

鞠子は指摘した。若手の批評家や作家などがアルバイトとして新人賞の応募作を読むという噂話は小太郎も聞いたことがあった。

「下読みの人だって、仕事として真剣に読むだろうから、信頼しないと」

「つまりは、私にプロ意識がないから、小説を読ませたくないわけね」

「まあ、そういうことだね」

小太郎は認めた。

「小太郎は作家になる気なの？」

「え？　そうだよ。書いているうちに、作家になれる気がどんどんしてきた。今回落選しても、再チャレンジするよ。この賞は来年も開催されるし、他の出版社が主催の賞もあるし、何度だって挑戦できるよ。作家になれるまで、僕は投稿するよ」

「だって、小太郎は銀行員じゃないの？」

鞠子は片眉を上げて、いぶかしんだ。

「兼業作家って、世にたくさんいるんだよ。漫画家だと絵を描く作業に時間がかかるけれど、作家だとそこまでの労働がないから、やる気があれば隙間時間を縫ってなんとかやっていけるよ」

小太郎は、どんと胸を叩いた。芸人や役者、ミュージシャンなど、夢を追うときに定時アルバイトとの両立がままならないものがたくさんあるが、作家は正社員でも両立が比較的簡単なものなのだ。

「だけどさ、万が一、売れっ子になっちゃって、『銀行を辞めて、小説に集中したい』って、気持ちが変化したらどうすんのさ」

「あははは、夢があるなあ」

「どうするのさ？」

鞠子は詰め寄る。

「そうしたら、辞めるよ」

「そのとき、私は？　主婦じゃなくなっちゃう？」

「どうだろう？」

小太郎は目を閉じて首を傾げた。

「……いや、まあ、そうか。私の立場だと、たとえば、今すぐに小太郎が『銀行を辞めて、夢を追いたい』と言い出した場合でも、驚かずに、『じゃあ、今度は私が働くから、目一杯頑張れ』と背中を押すのがベストなんだろうな」

鞠子は顎をさすりながら考え込んだ。

「まあ、そういうことを言う奥さんって、かっこいいよね」

小太郎は頷いた。

「趣味に興《きょう》じるっていうのは、そういう不安定な生き方を選択しているっていうことなんだな。

地に足をつけていないんだもんな。他人に寄りかかっているわけで、自分で立っていない」

鞠子は唇を嚙み、悔しそうに言った。

「まあ、そうだよね」

小太郎は頷いた。


こういうことを言い合っても、冗談のつもりだった。

国語が得意だったわけでも、読書家なわけでもない自分の書いたものが、たくさんの応募作の中から受賞作に選ばれる可能性は低いだろう。結局のところは、落選して鞠子に読ませ、他愛ない褒め言葉をもらい、ちょっと笑い合う、という出来事に終わるに違いない。そのように小太郎はわきまえていた。銀行を辞めるだの、主婦を辞めるだの、杞憂《きゆう》だ。

鞠子も、小太郎の小説のことはすぐに忘れてしまった。そして、自分の趣味に集中した。アンナと絵手紙の遣り取りをし、天候を気にしながら畑に出かけ、夏の終わりを惜しみながら俳句を詠み、新作の短編小説をゆっくりと綴《つづ》った。


しかし、秋の初めに小太郎の携帯電話が震えた。ちょうど仕事を終え、銀行を出たところだった。知らない電話番号がディスプレイに表示されたので警戒しながら耳に当てると、

「鈴木出版の田中です。『百円ショップの魔術師』を書いた野原小太郎さんですか?」

それは、受賞の知らせだった。

小太郎は舞い上がりながらもなんとか受け答えをし、単行本化の約束を得て、打ち合わせの日時を決めて、電話を切った。

もうスーパーマーケットにも寄らず、飛ぶように帰宅した。

「鞠子、鞠子。大変だあ」

小太郎が大きな声で呼ぶと、

「どうした？　小太郎が大声とはめずらしいな」

エプロンの裾《すそ》で手を拭きながら鞠子が玄関に出てきた。主婦コスプレが好きな鞠子のエプロンは、フリルの付いた白いものだ。

「これは、驚くぞ」

小太郎はもったいぶった。

「なんだろうなあ、この感じ。まるで『子どもができた』という報告みたいな高揚感だな」

鞠子は一番気にしていることを、軽い冗談にする。

「まだ男が妊娠できる時代じゃないよ」

笑いながら小太郎が否定すると、

「じゃあ、わからないなあ」

鞠子は首を傾げた。

「新人賞を受賞したんだよ。鈴木出版で単行本にしてもらえるんだ。書店にも並ぶんだよ」

小太郎は誇らしげに伝えた。

「わあ、お祝いだ。でも、どうしよう、今日の夕飯は肉じゃがだよ」

鞠子は手を叩いた。

「いいじゃないか、肉じゃが大好きだよ」

小太郎は靴を脱いで、小躍りしながらぴょんぴょんと廊下を歩いた。

「連絡があったなら、すぐに電話をくれれば良かったのに。そうしたら、何かしらごちそうにできたかも。肉じゃがにカレールーを落として、せめてカレーにしようか」

鞠子は腕を組む。

「肉じゃががいいよ。しかし、驚いたなあ」

「本当に驚いたよ。なんていうタイトルの小説なの？」

『百円ショップの魔術師』だよ」

小太郎は、初めて小説の題を鞠子に教えた。

「どんな話か、全然想像がつかないな」

「本になったら、読んでよ」

「そうだね、自分で買うね」

「ありがとう」

小太郎はプロになる喜びを嚙み締めた。そして、「本当に売れっ子作家になってしまったら、どうしよう」とにやにやした。

翌々日、仕事を終えてから鈴木出版に打ち合わせへ行った。出版社というのは朝が遅く夜も遅いものらしく、まだ社内には活気があった。

「みなさん、夜遅くまで大変ですね」

小太郎はきょろきょろした。

「最近は、『早く帰れ』と言われますけどね。過労死とか、働かせ過ぎとか、問題になっているじゃないですか？」

「ああ、そうですよね」

「野原さんは、銀行にお勤めなんですよね？」

「ええ」

「まだ、辞めないでくださいね」

「え？」

「新人賞を受賞しても、作家として続けていける人はひと握りです」

担当編集者の田中は、最初にそうアドヴァイスした。

「はい。二足の草鞋《わらじ》で頑張ります」

小太郎は拳を握り締めた。

銀行の仕事に対し、出世のように上を目指すものではない自分なりの目標を定めたいと思いながらも、どう定めたらいいのかがわからずに悩んでいた折だった。上司や同僚、業務内容にはほとんど不満を持っていなかったので、「とにかく、『毎月きちんとお給料をもらって、その分の社会活動を銀行内で精一杯に行う』ということを、地道にずっと続けていくだけでも、『立派な銀行員』になれる」と考えるように努めていた。銀行の仕事は金のためだ、と割り切る方向で思考していた。小説も仕事だが、お給料というものはないのだし、印税というものはあるらしいがどの程度のものか想像もつかないので、金のためではない社会活動だと捉えたい。

「そうしましたら、次は、『受賞の言葉』を書いていただけますか？　一週間後くらいの締め切りで、原稿用紙二枚ほどの分量でお願いします。『百円ショップの魔術師』の小説と合わせて雑誌に掲載しますから。それで、ここからは僕個人からのアドヴァイスなのでスルーしてくださっても構わないのですが、こういう挨拶文って『支えてくれた家族よ、ありがとう』といった身近な人への感謝を書いてしまいがちなんですが、それって読者には関係ないことなんじゃないかなあ、と僕としては思うんですよ。限られたスペースに載せるごく短い文章ですから、読者と向かい合って欲しいんです。誰にでも書けるような挨拶文ではなく、『野原小太郎』という作家の誕生を読者に印象づける、野原小太郎にしか書けない挨拶文を書いてください」

田中は真剣な顔つきで小太郎を見た。

「ええ、そうします。小説を書いているときも、『家族の方を向いてしまったら、気持ちがぶれて、良いものが書けないな』と感じたんですよ。最初は、『こういうことを書いて、妻に誤解されたらどうしよう』だとか、『親が怒るかもしれない』だとか、頭にちらちら浮かんでしまったんです。でも、そうすると守りに入ってしまい、つまらない文章になっちゃったんです。だから、執筆中は家族のことは頭の埒外《らちがい》に置くことにして、読者の方だけを向いて取り組みました。とはいえ、書き上げられたのは、やっぱり妻のおかげです。家族に対して感謝はあります。だから、それは家の中できちんと自分の口から伝えたいと思います」

小太郎は頷いた。

「そうなんです。ご家族に対する感謝は、直接にきちんと伝えてくださいね。それも、すごく大事なことなんです。ご家族のサポートは、作家にとってとても大きな力になります」

田中も深く頷いた。

そのあと、三ヶ月後に出版になる単行本の装丁の案や一ヶ月後の掲載誌の発売と同時期に行われる授賞式の予定などを教えてもらい、帰途に就いた。

小説は好きでも、新人賞だの書籍化だのといったことには無関心だった鞠子も、小太郎が喜んでいるのを見て、

「授賞式っていうのがあるんだったら、新しいスーツを買ってあげよう」

一緒に盛り上がり始めた。

「『買ってあげよう』って言っても、僕のお金でしょうが」

小太郎が苦笑いすると、

「お祝いに、私の貯金から買ってあげよう。久しぶりに新宿へ出て、デパートに行こうか？」

鞠子はにこにこして提案する。

「貯金って、そんなにないでしょう？　いいよ、いいよ。単行本化されても、そんなに大きな収入にはならないらしいし、お金は大事に取っておかないと。仕事用のスーツで出るよ。それよりも、鞠子のワンピースを買おう。新しいのを買ってあげるよ」

「え？　私は関係ないでしょう」

「授賞式、『奥様もご一緒にどうぞ』って言われたよ」

小太郎が招待状を見せると、

「あ、そうなんだ？　じゃあ、『作家の妻』っぽい服を買わないと」

鞠子は、小太郎のスーツのことはコロッと忘れ、自分の服装のことを考え始めた。

後日、小太郎は新宿のデパートに鞠子を誘ったのだが、鞠子は高級な服に憧れはないらしく、量販店でポリエステル製のシンプルな黒いワンピースと安いコットンパールのネックレスを選んだ。作家よりも目立たないようにするために黒がいい、でも選考委員や出版社に敬意を払うためにネックレスでドレスアップする、という考えらしかった。

授賞式当日、武田百合子の顔写真の切り抜きを持っていそいそと近所の美容院へ赴き、

「こんな風に、マダムっぽく結ってください」

と頼んで、鞠子は髪をアップにした。武田百合子は、作家の武田泰淳の妻で、のちに文筆家になった、とてもかっこいい女性だ。

小太郎は銀行員らしい、いつものスーツ姿だ。ネクタイとポケットチーフだけピンク色にして、ハレの雰囲気を出した。ネクタイは千円、ポケットチーフは百円だった。ズボンのポケットには挨拶文のアンチョコをしのばせてある。髪は自分で横分けにしてジェルで固めた。

そうして、美容院に行った鞠子と待ち合わせて、手を繋いで会場へ向かった。

授賞式は完璧だった。小太郎の『百円ショップの魔術師』は多くの人から褒めてもらえた。家族への感謝を省いて「小説とはクッキーだ」という持論のみを面白可笑《おか》しく書いた「受賞の言葉」の評判も上々だった。新聞や雑誌の取材もたくさん受けた。

受賞者挨拶では、読者と選考委員と出版社への感謝を述べたあと、

「僕は大作家になります」

と言って会場を沸かせた。

その夜、小太郎は幸福な気持ちで眠りに就いた。

翌日、新聞に小太郎の顔写真入りの『百円ショップの魔術師』の受賞についての記事が出た。

それ以降、著者インタビューの依頼がどんどん舞い込み、小太郎はあちらこちらの雑誌で『百円ショップの魔術師』について話した。書評もたくさん書いてもらえた。褒め言葉ばかりではなく、辛辣《しんらつ》な批評もあった。インターネット上でも話題になり、こちらはほとんどがバッシングだった。「つまらない」「作者の顔がブサイク」といった悪口ばかりで、小太郎はがっくりと落ち込んだ。田中から「読まない方がいいですよ」とアドヴァイスを受けたので、その後はインターネットの文章は読まないことにした。

単行本が発売されると、飛ぶように売れた。書店の平台に積まれ、インターネット書店のランキングはどんどん上がった。

小太郎は目が回った。


出版前は、「単行本にするからには、たくさんの人に読んでもらいたい」と小太郎は願っていたのだが、想像していなかった大きな数字に気持ちが追いつかなくなった。

そして、仕事に行くと、上司や同僚たちが小太郎に話しかけてきた。

「あの『百円ショップの魔術師』の主人公って、野原くん本人がモデルなんでしょう？　野原くんって、本当は、ああいう風なことを考えているんだね」

「インターネット上のあちらこちらに野原くんの顔写真が貼ってあって、落書きを加えられたり、容姿の中傷をされたり、卑猥《ひわい》な悪口を書かれたりしているけれど、平気なの？」

「印税って、いくら入ってくるの？　今度、ごはんをおごってよ。お金を貸してよ」

みんな、悪気はない。自分たちに関わりのない世界の話だから、どういうことに小太郎が傷つくのか、なかなか想像ができないだけなのだ。誰もが「おめでとう」だの、「さすが、作家先生」だのと小太郎を持ち上げ、祝福をしてくれて、悪く言ったり、仕事の掛け持ちを批判したりする人はまったくいない。だが、好意的に発せられるそれらの言葉に、小太郎はいちいち傷ついた。

小太郎には、周囲の人たちが変わったように感じられた。本を出したせいで、みんなから疎外され始めた。自分は世界から弾《はじ》かれている。

本がたくさん売れると、それだけ自分から作品が遠く離れていった感覚が湧く。作品を褒められたところで、自分自身が人間として評価された感じはしない。出版業界において、『百円ショップの魔術師』は批判もされたが、褒められることの方が多かった。でも、作品だけが褒められているると感じられた。出版社の売り方が上手いだけだ、とも思った。

身近な人たちは、小太郎をもてあまし始めた。「俺をモデルにしないでよ」「野原くんの視線は厳しいからな」などと言われ、社会人としての信用が薄くなったみたいだ。

インターネットでは、ひたすら容姿を中傷され、これまでも顔に自信があったわけではないのだが、外を歩くことがだんだん怖くなってきた。

そうして、本を出したあと、小太郎は人間としての自信がなくなっていった。

それでも、せっかく作家になれたのだから、と気を奮い立たせて頑張りたい。小説の二作目に取り組み始めた。しかし、なかなか集中できない。「こんなことを書いたら、また職場のみんなにからかわれるかもしれない」「上手く書かないと、また批評家から酷評されるだろう」と余計な力が入ってしまう。デビュー前の、なんのてらいもなく書けたときが懐かしい。

また、そうこうしているうちに、『百円ショップの魔術師』が大きな賞の候補作になり、その結果、落選した。すると、また職場のみんなが、

「残念だったね。次作で、きっと受賞できるよ。頑張れ」

「今回は駄目だったけれど、次があるよ。応援しているよ」

と声をかけてきた。どうやら、その大きな賞を受賞するために小太郎が作家になったと勘違いされたみたいだ。小太郎としては、『『百円ショップの魔術師』は決して駄目な作品ではない。大きな賞を受賞できるようなクオリティーではなかった。それでも、『百円ショップの魔術師』は、ものすごく良い作品だ。駄作ではないし、次作のためのステップでもない」と反駁したかった。

銀行員としても「出世をすることを、周囲から求められているから、出世が望めない場合に『なぜ仕事をするのか?』という疑問が湧く。金だけだ、と割り切るのも意外と難しい」と悩んでいたが、作家になっても同じ思いになってしまう。フリーランスの仕事なのに、「出世しろ」と世間から言われる。やはり、仕事というものは、上を目指して努力をしなければならないのだ

ろうか。上を見ていない場合は、仕事とは言えないのだろうか。

「ほらみろ」

鞠子は冷徹にハンマーを振り下ろした。

「ひどいなあ」

小太郎は呻いた。

「新人賞だとか、単行本だとか、そういうものに振り回されて、純粋に小説を好きでいられなくなったんだ」

鞠子はせせら笑った、

「どうしたらいいんだ」

小太郎は頭を抱えた。

「上を見なければいいんだよ」

鞠子は言い切る。

「上を見なければいい？　僕だって、上を見ているわけじゃないよ。でも、周りの人たちが、『上を見ろ』って言ってくるんだよ。『上に行けないのに、なんで仕事をするの？』って常に世間から問われているんだよ」

小太郎が反論すると、

「そうやって、周囲のせいにするんだな」

は、は、は、と鞠子は笑った。

「環境が悪いよ。世の中が悪い」

捨て鉢になって小太郎は言い放った。

「三十歳を過ぎてからの社会批判は恥ずかしいよ。社会っていうのは、もう自分たちが作っているものなんだから」

鞠子は肩をすくめる。

「鞠子も新人賞に投稿してごらんよ。そうしたら、僕の気持ちがわかるから。ぬるま湯の中でぬくぬくと小説を書くんじゃなくって、僕みたいに社会の荒波にさらされてごらんよ」

小太郎は鞠子を自分の世界に引き込みたくなった。

「私は、新人賞には絶対に送らない」

レースのエプロンを着けたまま、鞠子は強く首を振る。

「僕は、みんなからバッシングされている。『つまらない』『ブサイク』と言われるのが作家の仕事なんだ。バッシングされることが金になるんだよ。それが印税だよ。その金で鞠子はごはんを食べているんじゃないか。鞠子は趣味をやりたいと言う。でも、ぬくぬくと趣味をやれるのは、僕が嫌な思いを肩代わりしてあげているからだよ。いいや、作家だけじゃない。銀行員としてだって、嫌な思いをすることはたくさんあるよ。これまで、できるだけ愚痴を家に持ち帰らないように努めてきたけれど、いろんなことがあったんだよ。銀行の同僚はみんな良い人だけれど、仕事上の人づき合いって、友だちとは違うよ。たとえ相手が良い人でも、たくさん気を遣うし、すごく疲れるよ。上司に嫌われたらアウトだし、職場で浮いたら毎日がつらくなる。異動は自分で決められないから、定められたところで良好な関係を築かなければならない。日々、ちょうど良い距離感を保ちながら過ごしているんだ。それに、お客さんの中には変わった人もいて、コミュニケーションが上手くいかないことも多々ある。誤解が生じたり、無理難題をふっかけられたりすることもある。こちらがミスをして、屈辱的なほどに謝らなければならないことだってあったんだ」

小太郎はぶちまけた。

「……そうか、つらかったんだね。よし、よし。これでお腹を温めると良い」

鞠子は台所に立ち、ココアを淹れてくれた。

「ありがとう」

小太郎はマグカップを受け取って口を付けた。でも、釈然《しゃくぜん》としなかった。自分はなだめられたかったのではない。仕事の大変さを正直に伝えただけだ。人生というものに対する鞠子の考え方は甘い、と指摘したかった。世の中の本当の仕組みを教えてあげたかった。鞠子は小太郎をなだめるのではなく、大人はみんなつらくならなければならないということを理解し、自分も仕事をしようと考えるべきなのに……、と小太郎は不満を持った。

「毎日、大変だったんだね。つらかったね、疲れたね。うん、うん」

鞠子は小太郎の頭を撫でた。

「鞠子は、どうして仕事をしようとしないわけ?」

小太郎は床を見つめて尋ねた。

「まあ、小太郎が働いてくれているからだろうね。小太郎の稼ぎがなくなったら、仕方なく、働きに出るだろうね」

鞠子は堂々と答える。

「つまり、僕に寄りかかっているわけだな」

小太郎は目を上げた。

「そうだね。感謝しています。もう少し寄りかかるね。今、私、小説が三本でき上がったところなんだ。稲村さんは二本書いたの。それで、その五作品でアンソロジーの本を作るつもりなんだ」

鞠子は打ち明けた。

「どういうこと? 出してくれる出版社があるの?」

小太郎はいぶかしんだ。

「出版社なんてないよ。自分たちで本を作るだけだから。稲村さんの知り合いに、デザインができる人がいるんだって。本のデザインをしてもらって、印刷屋さんで製本してもらうんだ」

鞠子は空中を指差しながら、計画を喋る。

「その制作費はどうやって捻出《ねんしゅつ》するの？」

小太郎はココアを飲みながら尋ねた。

「自費だよ」

平然と鞠子は言ってのけた。

「じゃあ、僕のお金じゃないか」

小太郎は腹が立った。

「そうだね。ありがとうございます」

鞠子は頭を下げた。

「僕が小説を仕事にして嫌な思いをして稼いだお金で、鞠子は小説を趣味にして楽しい思いをするということか」

小太郎はため息をついた。

「そうだね。これは実験だ」

「なんの？」

「仕事バーサス趣味だ」

「仕事の方が大事だろ？　仕事よりも趣味を優先する人なんて、この世にいるわけがないよ」

「ところが、世の中には趣味のために仕事をしている人がいるんだな。車を買うお金を貯めるためだけに仕事している、だとか、好きなアイドルの追っかけをするためにフレキシブルな仕事に就いている、だとかっていう人がいるんだ。新しいゲームが発売されたから誰よりも早くクリアしたいという理由で会社を休む人や、アニメを観ることを中心にして仕事のスケジュールを組む人だっているらしいよ。趣味に興じる人は、消費で経済を回しているし、社会の雰囲気を面白くしているし、世の中の役に立っているんだな。仕事が何よりも大事、という人ばっかりじゃないよ」

鞠子は立ち上がって手を広げ、世界の広さを示した。

「でも、夫の仕事よりも、妻の趣味を優先する家庭なんて、聞いたことないだろ？」

小太郎はぶんぶんと首を振った。

「確かに、私は聞いたことがない。でも、どこかにはいるんじゃないかな。現に、私たち夫婦はそうなろうとしているわけだし」

うん、うん、と鞠子は自分の言葉に頷く。

「いや、いや」

小太郎は首を振った。

「じゃあ、小太郎は、私が趣味に興じることに反対なの？」

鞠子は首を傾げた。

「うーん。反対っていうわけじゃないけれども……。ちょっと考えさせてもらっていい？」

小太郎は腕を組んだ。

そして、一週間ほど考えた。

どうも、鞠子ばかりが得をしていて、小太郎は損をしている気分になる。

けれども、小太郎は突破口を探していた。

作家デビューを果たし、小説を仕事にしてからは、文学を楽しいものと捉えられなくなった。作品を発表したときの知人や他人からの反応が怖くて、二作目の筆がまったく進んでいない。かといって、作家を辞めて銀行員として邁進《まいしん》する考えにもなれない。銀行の上司や同僚たちに嫌悪感までは抱いてないが、このところは周囲に心を閉ざしがちになって、定められた業務をなんとかこなしているだけの状態だ。銀行員として、もっと頑張れる自信もない。ともかくも、せっかく狭き門を抜けて作家になれたのだから、二作目を書かないで終わりにするのは惜しく、何年かかっても書き上げたい、という気持ちはしっかりとある。

悶々《もんもん》としているときに、妻が「印税を使わせてもらって、趣味に興じたい」と能天気なことを言ってきた。「ばかなことを言うな」と一喝《いっかつ》してもいいが、鞠子のことは好きだし、「働かざるもの、食うべからず」という父の考えに疑問を持って実験のように結婚生活を始めたわけだから、ここで妻の言うことを退けるのはこれまでの自分に反する。なんでも自由にやらせてあげたいと妻に対して思ってきたのに、自分が作家になった途端に、「これは僕が苦しんで得た金だ」と言い出した自分は狭量だ。

妻の趣味がどこまで行くのかに興味もある。

絵手紙、家庭菜園、俳句、小説、と触手をのばしていく鞠子を傍《かたわ》らで眺めているのは面白かった。

小説で稼いだ金を使って小説で遊ぶというのは酔狂だが、銀行員としても作家としても行き先が見えない自分なのだから、酔狂なことをしてもいいのではないか。子どももなかなか授かれないし、人生をまっすぐに進んでいる感覚がない。どうせまっすぐな道を進めていないのだから、ばからしいことに金を使っても、脇道に逸《そ》れてもいいのではないか。

自分が仕事をすることよりも、鞠子が遊ぶことを中心にしてしばらく生活するのも悪くないかもしれない。

考えていくうちに、小太郎の心はそんな風に傾いていった。それで、

「これまで通り、鞠子は趣味に打ち込みなよ。金はたくさんあるわけじゃないけれど、計画的に使うのだったら、趣味に使っていいよ」

小太郎は鞠子に告げた。

7 散歩

「ありがとう。私、もうひとつ趣味を増やすことにしたんだ。それは、散歩」

鞠子は笑顔で小太郎の言葉を受け止めた。

「なんで散歩するの？」

小太郎が質問すると、

「稲村さんの友だちのデザイナーさんが、稲村さんと私のアンソロジーの装丁をデザインしてくれることになったんだけれど、本の表紙を写真にしたらいいんじゃないかって話になったのね。それで、私が撮ることになったの」

鞠子は説明した。

「どうしてさ？　そのデザイナーさんが撮ればいいんじゃないの？」

小太郎が首を傾げると、

「でも、デザイナーさんは写真家じゃないしさ」

鞠子は肩をすくめた。

「そんなの、鞠子だって写真家じゃないだろ。カメラも持っていないし」

「だから、カメラを買おうと思って。買っていい？」

「いいよ」

小太郎は驚かずに頷いた。

「ありがとう。ミラーレス一眼カメラを買うね。小太郎も使ってね。嬉しいなあ」

鞠子は頭を下げた。

「だけどさ、それだったら、新しい趣味は『写真』だろう？」

「まあ、そうなんだけれど……。稲村さんの長い方の作品に、大きな木が印象的なシーンがあるのね。それで、木の写真がいいかなあ、と考えて、良い木を見つけるために公園だとか林だとかを散歩していたの」

「うん」

「そうしたら、散歩自体が楽しくなってきて、『そうだ、散歩も趣味にしよう』と思いついたんだ。このところひとりであちらこちらを散歩していたの。公園や林だけでなく、住宅街や川沿いなんかも楽しいんだ。最近ずっと、小太郎はいそがしそうだったから、遠慮して誘わなかったんだけれど、もしも、今度一緒に散歩にいってくれたら嬉しい。楽しいよ」

「うん。日曜日に散歩しよう。気分転換をしたいと思っていたから」

小太郎は誘いに乗った。

そうして、週末に二人は散歩に出かけた。

鞠子はスニーカー履きで、登山用のズボンとフリースという出で立ちだ。首にはミラーレス一眼カメラを下げている。

一方、小太郎は革靴を履いて、トレンチコートを羽織っていた。中はセーターとチノパンでカジュアルなのだが、外から見ると通勤時と変わらない格好だ。

「動きやすい服を着てって言ったのに」

玄関で鞠子が非難したが、

「最近、服を買っていなくて、仕事用の格好で休日も過ごすことも多いからなあ」

小太郎は頭を掻いた。

「そういうの、やばいらしいよ」

歩き始めながら鞠子が注意した。

「やばい、って何がさ？」

「今、『ワークライフバランスに気をつけろ』って、よく言われるようになってきたじゃない？仕事用の服しか持っていない人は、ワークライフバランスが崩れている証拠だから、まず、仕事では着ない服を買うことから始めて、仕事ではない時間を大切にするように意識を変えていった方がいいんだって」

「誰の意見だよ」

小太郎は顔をしかめた。誰かの受け売りだろうと思った。

「新聞とか雑誌とかによく書いてあることを、そのまんま喋った」

鞠子は受け売りを認めた。そして住宅街を抜けていく。

「ワークライフバランスが崩れていると、何か悪いことがあるわけ？」

「さあ、どうなんだろう。まあ、理想的なバランスで生活できている人の方がめずらしいだろうしね。私なんて、仕事をしていないわけだから、小太郎よりもバランス悪いんだ。ちょうど良く生活できているかっていうのは他人と比べる必要はないのかも。自分がつらくならなければいいんだから。ただ、仕事人間は、リストラに遭ったり、定年退職したりしたときに、アイデンティティーが保てないことがあるらしいよ。人間関係が仕事だけででき上がっていて、急に孤独になっちゃって、生きていくのが難しくなるんだってさ。居場所はたくさんあった方がいいってことなのかなあ」

「あんな家に住みたいなあ。いつか、一戸建てを買いたい」

小太郎は話を変えて、住宅街の中のひとつの家を指差した。3LDKくらいの小さな家で、コンクリート打ちっぱなしのシンプルな外観をしている。屋根の下に小さな出っ張りがあり、小部屋があることがわかる。

「いいねえ。わかった、DENが欲しいんでしょう？」

鞠子は推察した。

「そう、そう」

小太郎は頷いた。ＤＥＮというのは、俗に「お父さんの書斎」という意味合いで使われている言葉だ。今住んでいるマンションを探していたとき、不動産屋で別の家の間取りを見ていたら、リビングルームや和室と書き込まれた部屋の他に、ＤＥＮと書き込まれた小さな空間があり、「これはなんですか？」と質問したら、そう教えられた。ちゃんとした自分の部屋を作れるほどの広い家を買う給料はないが、少しだけ区切られた小空間のある家ぐらいなら背伸びすることなく手に入れられるのではないか。コックピットみたいにしつらえて、書きものをしたい、と小太郎は夢想した。

「私は、あっちの家に憧れるな。丸い窓って、なんだかロマンチックだよね」

鞠子は丸窓の付いた、緑色の屋根の可愛らしい家を指差した。小さな庭には様々な種類の木が植えられていて、園芸用品は動物柄などのキュートなものが揃えてあり、家主がロマンチストであることがうかがえる。

「丸窓って、空間の無駄遣いな気もするけど、まあ、確かに可愛いかな」

小太郎は頷いた。

「自分たちが持ち家に住んでいないと、散歩をしながら、『いつかあんな家に』って言い合えて面白いね。持ち家がないのも、夢が持てるからいいね。この先、家を買っちゃったら、もうこんな風に夢を語り合えないものね」

鞠子はきょろきょろして、さらに魅力的な家を探しながら喋った。

「なるほど、前向きだね。でも、そうだな。想像できる余地があるって贅沢なのかもなあ」

小太郎は鞠子のあとを追いながら答えた。


さらに歩くと川に出た。

冷たい水の上を二羽の茶色い水鳥がすいすいと泳いでいく。冬の枯れ枝が水面に向かって垂《た》れている。桜というのは枝からも水分を得ようと川を目指して枝を下げるものらしい。

「川はいいね」

鞠子はそう言って、カメラを構えた。

「嫌なものを流してくれそうだから、川の流れを見ていると気分が良くなるのかな」

橋の欄干《らんかん》に肘をついて小太郎は呟いた。

「……嫌なものがあるの？」

何回かシャッターを切ったあと、鞠子が小太郎の方に顔を向けた。

「仕事の失敗だとか、周囲の人への悪感情だとか、そういうのは誰でもあるもんじゃないか。鞠子にだってあるでしょ？」

小太郎はそう答えて、動き続ける川面に目を遣った。

「うん。ミスだとか、周りに対する憎しみだとか、確かにある。だけど、仕事をしている人よりは、やっぱり少ないかもしれない。そう思うと、小太郎が悩みやストレスを抱えているのに、それを癒せていない私は主婦として良くないいね。ごめんね」

鞠子は急に謝った。

「そんな、鞠子のせいじゃないんだから」

小太郎は顔の前で手を振った。

「今の日本でさ、自殺者の性別を見ると、男性の割合がすごく高いらしいじゃない？　それは仕事をしている人が多いからじゃないか、って推察されている。仕事って、怖いねえ」

鞠子はしみじみと言った。

「確かに、仕事は人間を生かしもするけれど、殺しもするんだなあ」

なおも川面を見つめて、小太郎は静かに言った。水が立てるさらさらという音に耳を澄ましていると、自分の乾いた心が潤《うるお》っていくような気がする。

「だからって、仕事をしない言い訳にはならないけれど。私が仕事をしない理由は、甘えだから」

鞠子は肩をすくめた。

「そうだね。でも、甘えちゃいけない理由って、僕にも上手く説明できない」

濡《ぬ》れた岩を見つめながら小太郎は言った。

さらに歩いていくと、小さなカフェがあった。

『趣味の店』だな」

小太郎は推測した。自宅の一部を改装して作ったように見える小さな店で、看板やメニュー台は手作りだ。仕事として成功させようと意気込んでいる雰囲気はまったく感じられない。

「入ってみよう」

鞠子の先導で店内に足を踏み入れた。家っぽい作りなので、ドアを開けるのに勇気が必要だった。

「こんにちは」

小さな声で小太郎が挨拶すると、

「いらっしゃいませ」

奥から、五十代くらいと思われる上品な女性が出てきた。ウェーブのかかった長い髪の毛をふんわりとシュシュでひとつにまとめて、左肩に垂らしている。薔薇模様《ばらもよう》のプリントのエプロンと、ミツバチの刺繍が施されたスリッパを履いていた。

「靴のままで入っていいんですか?」

教室みたいに板でできた床で、店主がスリッパだったので、小太郎がおずおずと尋ねると、

「ええ、お靴のままでどうぞ」

店主と思われる女性は微笑んで招き入れる。

「お邪魔します」

まるで誰かの家に遊びに来たかのような感覚で鞠子はテーブルを目指した。テーブルの横には大きな窓があり、川や木々が見える。小太郎も追いかけて着席し、メニューを開いて思案した。

もう昼に近かったので昼食をとろうということになり、ランチセットを二つ注文した。

しばらくして運ばれてきたランチは思いのほか豪華なもので、ジャガイモのスープ、ビーツのサラダ、ホウレンソウのキッシュ、ケールのシチュー、ひよこ豆のコロッケにキノコのあんがかかったもの、全粒粉のパン、キャロットケーキといったものが色とりどりの皿にきれいに盛り付けられていた。どうやら、ヴィーガンらしい。味は淡白だが、量はたっぷりとあるし、彩りも豊かで、小太郎も満足した。

他人の家という空気があったので食事中はひそひそ声で会話したが、会計を済ませて外に出てから、

「意外と、ちゃんとした料理だったね」

小太郎は感想を述べた。

「本当だね、おいしかった。店に入ったときは、どうせ主婦の余儀だろう、と高を括《くく》っていたけれども」

自身も主婦なのに、主婦を軽く見るような発言を鞠子はした。

「そう、そう。ランチセットって、おにぎりと玉子焼きと漬物、って感じだろうと想像していた

ら、本格的な料理だったね。あんなに丁寧に作って、採算取れるのかなあ？」

小太郎は首を傾げた。

「どうなんだろう？　店の建物は住居と兼用っぽかったし、親から相続したものか、旦那様のものかで、少なくとも場所代はかかっていないいんじゃない？」

鞠子は川沿いの細い道を歩きながら推察した。

「そうだよなあ。あの女の人、育ちが良さそうだったし、お料理教室とか、留学とかで習った料理をアレンジしたメニューだったのかもなあ」

小太郎は頷いた。

「あ、留学。たぶん、留学か、あるいは海外赴任した旦那さんについていって、長い間、イギリスにいたと思う」

鞠子は推理を続ける。

「どうして？」

小太郎が尋ねると、

「イギリスの有名な食器ブランドのティーカップやお皿が飾り棚にずらーっとあったよ。あと、壁にかかっていた絵とか写真とかが、イギリスっぽかった」

鞠子は顎に手をやった。

「そうか。僕は、趣味で集めた食器や絵を自慢するために店を開いたのかなあ、って邪推していたんだけど、あれ、全部イギリスのものだった？」

小太郎は指先をこすって寒さを堪えながら言った。

「うん。留学か海外赴任か旅行か、とにかく、そういうことが普通にいっぱいできる、生まれつきの金持ちであることは確かだと思うね。お店を開くってすごく大変らしいじゃない？　私の友だちで、つい最近カフェを始めた人がいるんだけど、場所代とトントンになっただけでバンザイってなった、って言っていたもん。三年以上続けられる飲食店って、実は少ないらしいよ。それなのに、生まれつきの金持ちはさらりと店が出せちゃって、借金して死に物狂いで店を出している人からしたら頭にくるかもね」

鞠子は空を見上げた。

白い空を黒い鳥が横切っていく。なんの鳥かはわからないが、カラスやスズメではない、大きな鳥だ。

「金持ちは、好きなことを仕事じゃなくて趣味にできるからいいなあ」

小太郎は呟いた。

「うーん。そうだねえ、確かに。たとえ客からお金をもらってやっていることでも、『これで生活しよう』『プラスになるまで儲《もう》けられなかったら、人生が築けない』っていう意識がなかったら、趣味みたいなもんだよね。小太郎の言う通り、他の人が稼いだ金で生活して、他の人の金で場所を定めた場合は、『趣味の店』なのかもしれないねえ」

鞠子は同意した。

「金があったら、僕だって、小説を趣味のままで楽しく続けられたわけだもんなあ」

「え？　そうなの？」

「いや、そんなことはないか。銀行員として、困ってはいなかったし」

小太郎は頭を搔いた。

「そうだよ。私だって、小太郎は新人賞に応募する必要ない、って思っていたもの。小太郎に対して『もっと稼いで欲しい』という気持ちなんて皆無だし。小太郎は、お金がどうのというよりも、小説を世に出して、遠くの誰かに読んで欲しかったんでしょう？」

「逆に、鞠子は『小説を仕事にしない』って言うけれど、うちは余裕があるわけじゃないしな。収入が多いに越したことはない。でも、鞠子はどうしても仕事にしたくないから趣味にしているんだよな。要するに、自己満足だけをしたいんだよね？」

「そう、そう」

鞠子はこくこくと頷く。

「自己満足って、仕事の場では完全なる負の言葉だけれど、趣味の場ではそうじゃないんだな」

小太郎は頭の後ろで腕を組んだ。

「自己満足は良い言葉だよ」

鞠子はニヤリと笑って小太郎の前を歩いていく。小太郎は鞠子の小さな背中をゆっくりと追いかける。

やがて、大きな公園に出た。野原が遠くまで続いている。小さな野球場が併設されており、そこでは少年野球の練習試合が行われていた。少年たちの親と思われる大人たちがネットの外から応援している。

小太郎と鞠子は自動販売機で温かいお茶を購入し、ベンチでひと休みした。

今はとても寒く、散歩のベストシーズンではないはずだが、無性に楽しい。凍《こご》えた指先をお茶の缶で温めるのも乙だ。

目的を持たない移動が面白く感じられるのは、食料を求めたり食料にされることから逃げたりという動物的な行動から解放されて、人間らしい余裕を持てている実感からなのかもしれない。

「生き続けることや子孫を残すことを目的に今を過ごす」というのは動物に近い考え方で、社会が成熟してきた現代には馴染《なじ》まなくなっている可能性もあるなあ、なんてことを小太郎は思った。

「そろそろ、帰ろうか」

小太郎が立ち上がると、

「うん」

鞠子も立ち上がり、小太郎の缶を受け取って、自分の缶と一緒にゴミ箱へ放った。

帰り道も面白かった。

川沿いを歩いて水の流れや木の根っこの形を眺めるのも、住宅街を通って「自分たちが家を建てるとしたらどんな家を目指すか」とあれこれ指差すのも、来た道と同じく繰り返した。鞠子はときどきカメラを構えて写真を撮った。例の本の装丁のことを念頭にシャッターを切るときもあったが、小太郎にポーズを取らせてただの記念撮影も行った。小太郎は鞠子の指示に従って欄干で頬杖をついたり、木に寄りかかったりした。

帰り着いて、玄関で靴を脱ぎながら、

「散歩のように人生を作っていきたいなあ」

小太郎がぽつりと言うと、

「そうだね、人生を作るためではなくて、純粋な引っ越しをして、次の家に移りたいよね」

なんてことを鞠子は返した。小太郎の転勤を理由にこの土地に越してきたことに批評を与えたのだ。

8
単身赴趣味を希望する鞠子

それから、三ヶ月ほどして鞠子の撮った写真を表紙にデザインした冊子が完成した。『木と木のあいだに川は流れる～稲村日登美と野原鞠子のアンソロジー』というタイトルだ。鞠子と稲村さんはホームページ作成ソフトで、素人の手によるものだとすぐにわかるダサい特設サイトを作り、宣伝をした。すると、二十に満たない数だが購入希望のメールが届いた。鞠子と稲村さんは小躍りしてクッション封筒に本を入れ、おまけのフリーペーパーを付けて発送した。購入希望者はアンナをはじめ、ほとんどが鞠子と稲村さんの家族や知人だったが、まったく知らない人も五人ほどいた。

それから、文学フェスのようなものが行われると知るといそいそと申し込みをしてブースを借り、二人でエプロンを締めて手売りした。また、世話になった人には献本した。そうして、少しずつ読者を得た。

本が売れたといっても制作費の方が多くかかっていて赤字なのだが、鞠子と稲村さんは満足気だ。たくさんの人から褒められて嬉しいのだろう。

しかし、意外にも、褒められるばかりではなかった。趣味で小説を書いている人は世の中にたくさんいる。その人たちの多くが同じ趣味を持つ他人との繋がりを求めていて、ブログや掲示板などで感想を述べたり議論をしたりする。鞠子たちの作品に対するそれは概ね好意的だったが、中には完全なる悪口もあった。それから、地元の新聞の県民作品を紹介するコーナーでも取り上げられ、厳しい批評を受けた。

ところが、鞠子と稲村さんはそれも面白がって、「『こんなことを書かれました』コーナー」というコンテンツを特設サイト内に作り、批評家による愛ある厳しい言葉も、匿名ネット民によるただの悪口も、十把一絡《じっぱひとから》げにして書き写し、紹介を始めた。そして、引用の最後に「すべておっしゃる通りです。作品のクオリティーの低さは、私の筆力のなさによるものです。精進します。しょぼん。汗。汗」などと自分の言葉を添えて、どう見てもふざけていた。

もとから仕事と違って真剣味がないので、悪口が心に響かないらしい。どこ吹く風で反応を楽しんでいる。

「こんなに読んでもらえるなんて、びっくり」

「悪口まで言ってもらえるなんて、予想もしていなかったよねえ」

「稲村さんのおかげです」

「鞠子さんのおかげでこんなに楽しいことになったわ」

鞠子と稲村さんは、またお互いを讃《たた》え合《あ》い、自分たちへの悪口を肴《さかな》にコーヒーを飲み、すべてひっくるめて趣味にしてしまった。

そして、二冊目の計画も立て始めた。

一冊目はバラバラの内容の短編小説を組み合わせたアンソロジーで、まとまりに欠けたという反省点があったため、二冊目は内容をリンクさせた中編二作品を収録する予定だという。つまり、鞠子と稲村さんが同じテーマで一作ずつ書く。

第一回の会議で、鞠子は「陶芸」というテーマを発案した。趣味の代表格である陶芸に迫ってみたいという。

鞠子の案に稲村さんはすぐに飛びついた。どうやら、稲村さんの友人に陶芸家がいるらしい。その小山内《おさない》さんという陶芸家の友人に聞けば陶芸のことが少しはわかる、一緒に取材に行くのはどうか？　と稲村さんは鞠子を誘った。

鞠子はすぐにその気になり、

「稲村さんと、二人で佐賀県の嬉野《うれしの》に取材旅行に行ってきていい？」

と小太郎に伺いを立てた。

「取材旅行？」

小太郎は片眉を上げた。

「小説を書くときに、事前にそのテーマについて取材をすることがあるでしょう？」

鞠子が尋ねると、

「僕も最近になってようやく二作目の筆が進み始めたんだけど、取材なんてまったくしていないよ」

小太郎は答えた。

「どういうテーマで書いているの？　あ、内緒か。編集者さんとだけ話し合うんだものね」

鞠子が肩をすくめると、

「いや、いいよ。散歩をテーマに書いているんだ」

小太郎は教えた。

「身近な事柄から、世界を描くんだね。小太郎は日常淡々系だものね」

「ばかにしていやがる」

「私は自分に関係ないことを書きたいから、取材の必要がある」

「仕事として頑張って小説を書いている僕は取材をしないで、趣味として楽しく小説を書いている鞠子が取材に行くと言うの？」

「そういうことなんだけども、どう？　嫌だ？」

鞠子は悪びれずに小太郎の目を見た。

「いいや、行っておいでよ」

小太郎は十万円を封筒に入れて渡した。佐賀県は遠いので、飛行機代や宿代など、それくらいかかるだろうと思った。

そうして、鞠子は七泊八日で佐賀県の嬉野に取材旅行へ出かけた。

その間、小太郎は銀行の業務をこなし、空いた時間にはカフェや自宅で二作目の小説の執筆を行った。

鞠子がいないと、執筆は捗《はかど》った。鞠子は主婦なので料理や洗濯などの家事のほとんどを請け負っていたが、今は家電が発達しているし、働きながら自分の分の家事をこなすのはそれほど大変ではない。食事はパスタや丼物《どんぶりもの》など簡単なものばかりになり、流行りの低糖質の逆を行く状態になって健康には良くなかったが、わりとおいしくできて、小太郎としては満足だった。さっと食事を済ませたあとは、話し相手がいないので夜更けまでパソコンのキーボードを叩いた。

これまで、二作目の原稿を三度、編集者に見せて、すべてボツになったのだが、この散歩の小説は自分でも面白く書けている気がした。タイトルは『散歩だけが人生だ』にした。

鞠子の帰ってくる日の前日の日曜日、ラストスパートをかけて一日中原稿に向かい、一気に書き上げた。

月曜日の夜に鞠子が帰ってきたのを、小太郎はナスとベーコンを入れたトマトソースをフライパンで作りながら上機嫌で迎えた。

「おかえり」

エプロン姿で振り返ると、

「ただいま」

鞠子もにこにこしてお土産《みやげ》の袋を渡してきた。中には五島《ごとう》うどんが入っていた。嬉野からは長崎も近いらしい。

「ありがとう。今日はパスタにしようと思っているんだ」

「おお、いい匂いがするね。ありがとう」

「鞠子がいない間に、二作目が書き上がったんだ。まだ編集者さんに読んでもらっていないからどうなるかわからないけれど、今回のは良い感触がある」

小太郎は胸を張った。

「良かったねえ。おめでとう」

鞠子は洗面所で手を洗ってきた。

「鞠子はどうだった？」

パスタをよそいながら小太郎は尋ねた。

「もう、本当に素晴らしかった」

キラキラした瞳で鞠子はテーブルに着いた。

「え？　嬉野が？」

皿をテーブルに置いて小太郎が尋ねると、

「そう。いただきます」

鞠子は手を合わせる。

「良かったね、小説が進むね。じゃあ、僕も、いただきまーす」

　小太郎も手を合わせてからフォークを取った。

「これから、ずっと、嬉野で小説を書いていきたい。嬉野に移住して、陶芸をやりながら、小説を書いていきたい」

　鞠子はフォークを握り締めてそんなことを普通の声で言う。

「あははは、良かったね、楽しい旅行になって」

　冗談だと思ったので小太郎が笑って流そうとすると、

「いや、本気の話だよ」

　鞠子は真面目な顔をした。

「何を言ってんのさ、あはははは」

　なおも小太郎は笑い続けたが、

「嬉野で、趣味を真剣にやっていきたい。……わあ、おいしいパスタだな、作ってくれてありがとう」

　鞠子は真面目な顔のままでパスタを食べ始めた。

「だって、僕は銀行の仕事があるよ」

　小太郎が肩をすくめると。

「そうだね」

鞠子は頷いた。

「え？　銀行を辞めて、鞠子の趣味につき合って嬉野に引っ越せと言っているの？」

「嫌だったらいいよ。単身赴趣味するから」

「単身赴趣味って何？」

「単身赴任の趣味バージョンだよ」

「ここに住み続けたらいいじゃないか」

小太郎はむすっとした。

「でも、銀行はあちらこちらに支店があるし、転勤が多いでしょ？　また小太郎の転勤があったら、パートナーの私は小太郎につき合って引っ越すんじゃないの？」

「悪いな、とは思うけど……」

「私だって、私の趣味に家族につき合ってもらうのは申し訳ないな、と思うよ」

「『陶芸を仕事にしたい』と思ったんだったら……。つまり、『陶芸家になりたい』という夢ができたんだったら、まだわかるんだ。陶芸家になるのは難しいことで、実際にはなれない可能性が高いかもしれないけれども、『後悔しないように、夢を追うために引っ越しをしたい』という話だったら、家族として応援したいし、一緒に引っ越すというのも、そこまでおかしな行動ではないかもしれない」

「あはは、もちろん、仕事にはする気がないよ。陶芸も趣味だよ。嬉野でのびのび暮らしたいんだよ」

鞠子は当然のごとく、小太郎の「仕事にしたら」という提案を一笑に付した。

「生活にはお金というものが必要なんだけれども……」

小太郎がおずおずと言うと、

「小太郎の小説が売れるんじゃないの？　一作目が売れて貯金があるし、これからも作家として仕事を続けるんでしょ？」

鞠子は平然と言ってのけた。

「でも、打ち合わせだとか、インタビューだとか、仕事相手と実際に会わなければならないときもあるんだけれども」

「地方に住んでいるアーティストや作家はたくさんいるでしょう？　本当に小太郎と仕事がしたい人は会いにきてくれるよ。距離を作るって大事なことらしいよ。遠くに住むことは意味があるんだよ。それに、地方の活性化のためにも、才能のある人が東京に集中しない方がいいんだから」

「ふうん」

「今は、メールも宅配便もある。最近の企業では、会議っていうと、世界中の人がパソコンを開いて、スカイプとかweb会議システムとかでビデオチャットするらしいよ。スマートフォンがあれば、顔を見ながら電話もできるし。遠くにいる人と顔を合わせられる時代なんだね」

「へえ」

小太郎は力をなくして相槌を打った。

「銀行員が小太郎のやりたいことなんだったら、もちろん、こんなことは言い出さないよ」

鞠子はパスタをおいしそうに咀嚼した。

そうなのだった。

銀行員は素晴らしい職業だ。たくさんの人の経済を支えている。社会を動かす、大事な役割だ。

しかし、「この役割に誇りを持ち、高い理想を抱いて日々邁進しているか？」と問われたら、今の小太郎には首肯できない。小太郎はもともと「金を稼いで自立できるのならばどんな仕事でもいい」と思って就職活動を行ったのだ。そうして、金に触る機会の多い銀行員なら願ってもないと感じた。働き始めた当初は楽しかったし、給料をもらえるだけで満足感があった。昇進に関するもやもやが湧いても、とにかくコツコツやっていこうと思った。人間関係作りも上手くいっていた。

でも、作家デビューをして、上司や同僚と距離ができ始めた頃から、出社の際に気が重くなるようになった。人間関係がどうであれ、自分にとっての理想や使命感を職業に持つことができていれば、周囲に左右されることはなかっただろうが、小太郎は給料のことや出世のことばかりを考えていて、「自分の仕事がどう社会に影響を与えるか」といった視点は持っていなかったので、人間関係が面白くなくなったら、途端に労働はつらいだけのものになった。金をもらえるだけでもありがたい、という気持ちは今でもあるが、二足の草鞋を履いているので、稼ぐ方法は他にもある、という思いはどうしても抱いてしまう。

石にかじりついてでも銀行員を続けたいかと問われれば、「そこまでではない」と答えざるを得ない。

鞠子はとうにそこに気がついていたのだ。

「そうだね……」

小太郎は顔を赤くしながら、認めた。

「引っ越しのこと、すぐに答えを出さなくてもいいから、最初から『あり得ない』と否定しないで、少しだけでも考えてみてくれないかな」

鞠子は頭を下げた。

「わかった」

小太郎は答えて、パスタを完食した。

『散歩だけが人生だ』は、担当編集者の田中も「いいですねえ」と褒めてくれ、出版が決定した。

銀行勤めを続けながら、小太郎はゲラを見たり、打ち合わせをしたり、出版の準備を進めた。

夏の終わりに、野原小太郎の二作目の小説、『散歩だけが人生だ』が発売された。

鈴木出版の営業さんたちは、力を込めて営業をかけてくれたみたいだ。販売部の人たちも売り方を考えて上手く販促をしてくれたようだ。発売の翌日が土曜日で、銀行は休みだったので、小太郎はどきどきしながら近所の小さな書店を覗いた。するど、ちゃんと置いてあった。嬉しくなって電車に乗り、都内まで足をのばした。有名な書店をあちらこちら巡ってみたところ、そのほとんどが平台に置いてくれていて、中には丁寧な紹介文付きのPOPを書いてくれている書店員さんもいた。そういうのを見ると、小太郎の目から涙がぼとぼとと落ちた。やはり、流通に乗ったのは嬉しい。鞠子は「小説を書いて自己満足したいだけだから、本になどならなくて良い」「金に繋がらなくて構わない」と言うが、自分の書いたものがプロたちの仕事によって研《と》ぎ澄《す》まされていくのを見るのはとてつもなく面白い。校閲者《こうえつしゃ》がチェックし、デザイナーが装丁を作り、印刷会社が刷り、出版社によって商品になり、取次が流通させ、書店が読者へ届ける。たくさんの人が「これが自分の仕事だから」と頑張って、他の仕事人と手を繋ぐ。そして、手を繋ぐときには必ず、金が絡む。みんなプライドがあるので、ボランティアで手を繋ぐ人などいない。

小説というのは元手がほとんどかかっておらず、著者ではない誰かの手が加えられない限り、経済的には無価値なものだ。無価値なものを他人に渡したあと、金の遣り取りが行われ、価値が生じていく。

やっぱり、仕事っていいなあ、と小太郎は思った。そして、いいPOPが付けられていた書店では、自分の著書をレジへ持っていった。「この小説を書いた野原です。置いてくださって、ありがとうございます」と言いたい気持ちが山々だったが、恥ずかしさも大きく、また、レジの人は自分を知らないかもしれないし、店全体がいそがしそうなので仕事の手を止めさせて挨拶するのも悪いとも考え、口には出さなかった。店を出たあと、涙を目の縁にためたまま、看板に向かって一礼した。

いろいろな店を回り、八冊も自著を購入してしまった小太郎だった。本の印税は十パーセントなので、九十パーセントは他の人たちの仕事だ。それが嬉しい。

そうして、『散歩だけが人生だ』はしっかりと売れた。

発売後二週間で重版が決まった。小太郎は胸を撫で下ろした。初版の分を売り切ることができると営業さんたちが予想したから重版が決まるわけで、著者としては「仕事をした感」が湧く。最初に刷ってもらった分を売り切ることができない場合は、「出版社に赤字を出させる」という申し訳なさを抱いてしまいそうだった。関わってくれたプロたちに対して、成果を見せたい気持ちがあった。

小太郎は良い気分になり、

「たまには外食しようか?」

鞠子を誘った。

「いいね、何が食べたい？　小太郎の好きなものにしよう。小太郎の二冊目の出版祝いだから」

鞠子は拍手した。

「いやいや、鞠子のサポートのおかげだから、鞠子の好きなものにしようよ」

小太郎は首を振った。

「え？　私、サポートなんて、一切していないじゃないか」

鞠子は目を丸くした。

「そうだっけ？」

「していないでしょう？　夜食を作ったこともないし。小太郎の仕事には、銀行のことも小説のことも私はノータッチで、アドヴァイスあげたこともないじゃないか」

「そう言われると、そうか。よく、『内助の功』って聞くけれども」

こういうときによく耳にするステレオタイプな言葉を小太郎が出すと、

「違うでしょう？　担当編集者の田中さんとか、営業さんとか、デザイナーさんとか、書店員さんとかのおかげだ、って小太郎がこの間も言っていたじゃないか。仕事が上手くいったのは、妻のおかげじゃないよ、仕事仲間のおかげだよ」

鞠子は指摘した。

「うーん、そうだよな。なんというか、『内助の功』って言葉には、家族の代表者だけが社会と関わっている、というニュアンスがあるもんな」

「そう、そう。上手いことを言うね。たとえ仕事をしているのが家族の中でひとりだけだとしても、仕事していない家族だってそれぞれに社会と関わっているもの」

「そうか」

小太郎は頷いた。

『内助の功』なんて言って持ち上げてくれなくても、これからもずっと小太郎を純粋に人間として支えるよ。仕事のことは仕事仲間と関わって作っていけば良いと思うけれども、人間としては私が支えるからさ、安心しな。ずっと、好きだよ」

鞠子は照れて、ニヤニヤとふざけた顔をした。

「うん。そしたら、天ぷらを食べたい」

小太郎も照れてしまい、「僕も好きだよ」と返そうかと思いつつ言い損ねて、「天ぷら」なんて言葉しか口から出せなかった。

「いいねえ」

鞠子は賛同した。

そして、二人は近所にある天ぷらと東南アジア料理のお店へ出かけた。その店は、旦那さんが天ぷらの店で、奥さんが東南アジア料理の店で修業をしたそうで、それぞれがその料理を作る。天ぷらと東南アジア料理は意外と合うのだった。

「お酒、どうする?」

小太郎がメニューを開いて尋ねると、

「飲もう。私は日本酒にする」

鞠子はすぐに決めた。妊活中でアルコールは控《ひか》えていたのだが、たまには飲みたくもなるのだろう。

「最初から? 僕はビールにしようかな」

それで、小太郎はビール、鞠子は日本酒で乾杯し、パクチーのサラダや豆腐の味噌《みそ》漬けなどの前菜から始めた。

「おいしいねえ」

「おいしい。改めまして、『散歩だけが人生だ』の出版、おめでとうございます」

「読んだ?」

「読んだよ、すごく面白かった」

鞠子の感想はそれだけだった。

「そうか、良かった」

小太郎はもじもじした。

「たくさんの読者と出会えたんでしょ?」

「うん、あのさ、だからさ」

「うん、うん」

「お金の心配も、当面は大丈夫だと思うから、鞠子の趣味につき合って、引っ越しをするよ」

「本当に？」

鞠子は目を輝かせた。

「うん」

小太郎はしっかりと頷いた。

「ただ……、自分から言い出しといてなんだけれども、引っ越しをすると、今よりも、子どもと縁遠くならないだろうか？」

鞠子は頭を掻いた。

「そう？」

小太郎は平常の顔で言った。

「どうだろう？」

鞠子は首を傾げる。

「僕は、未来の子どもより、今の鞠子の方が大事だから。鞠子が趣味に打ち込みたいなら、一緒に行くよ。子どもとの出会いは、自分たちにコントロールできないとわきまえることも大事だと思うようになったよ。一応、病院で僕も検査して、ちょっとは努力して、気が済んだしね。子どもと会えたら嬉しいけれど、会えなくても、もう後悔はしないかも」

「そうか。ありがとう」

鞠子は目をしばたたかせた。

「銀行は退職するよ」

小太郎は晴れやかな顔で言った。

「でも、寂しいよね」

「そうだねえ、いざ、『辞めよう』と考えてみると、楽になる気持ちもあるけれど、名残り惜しかったり、仕事を教えてくれた先輩たちに申し訳なかったり、様々な思いが湧いてくるね。助け合ってきた同僚たちと離れるのは、やっぱり寂しいな」

「そうだよね……」

鞠子は日本酒のコップの縁をそっと指で撫でた。

「でも、人生の舵《かじ》を切ってみよう」

小太郎は、慣れ親しんだ銀行と離れる寂寥《せきりょう》、そして、経済的に不安定になる恐怖を覚えながらも、未来への明るい希望が心の底にしっかりとあることも感じていた。

そうして、シソで巻かれた秋刀魚《さんま》の天ぷらが運ばれてくると、大きく口を開けて齧った。ものすごくおいしかった。

鞠子は家庭菜園の趣味もなんとか続けていて、今年の夏にわずかに採れた夏野菜を宅配便で母親のアンナへ送っていた。

するとアンナからお礼の絵手紙が届いたのだが、そこに描いてあったのは、片目の自画像だった。「野菜をありがとう。とてもおいしいです」という、筆で書かれた「ヘタウマ」な文字が添えられているが、なぜ片目なのかということの説明はなく、とても不思議だった。

「電話で尋ねてみなよ」

小太郎は促した。

「そうだけれども、なんだか、怖くない？」

鞠子は両手で自分の肩を抱いて、怖さを表現する。

「怖くっても、聞くしかないじゃないか」

「自画像を描くとき、片目にする？」

「まあ、しないよな。でもさ、アンナさんは革新的な考えの人だし、ピカソみたいなのを描こうとしたのかも。もっと自由に、目とか鼻とかを捉えよう、という、新しい視点なのかも」

「だけど、『野菜をありがとう』っていう手紙に、普通、自分の顔を片目にして送るかな。こっちの気持ちをまったく考えていないよね」

「まあ、そうだよね。でも、気になるなら、こっちから聞くしかないよね」

小太郎は鞠子の背中を押した。

しぶしぶ鞠子はアンナへ電話をかけた。

「そう……、そう……。なんで早く言ってくれなかったのさ？　え？　もちろん、もちろん、行くよ。というか、すぐに行くよ。……うん、うん」

鞠子は深刻な口調で喋っている。

「どうだったの？」

受話器を置いた鞠子に、小太郎が心配しながら尋ねると、

「なんかねえ、右目の視力がなくなってしまって、手術を受けるんだって」

眉をひそめながらも、あっけらかんとした口調に変わって鞠子は答えた。

「ええ？」

「だから、ちょっと明日から、しばらく実家に行ってもいい？　手術の同意書にサインして欲しい、なんてことも言っているし。手術は一週間後らしいんだけども」

「う、うん……。あの、大丈夫？　アンナさん、不安だろうねえ？」

「私にも、わからない。本人は淡々とした口調で、電話口では平気そうにしていたよ。『手術をしても視力が戻らない可能性は高いらしい。でも、両目が見えない人も、片目が見えない人も、世の中にたくさんいて、幸せな人も多いだろうし、見えないのは不便だとしても、人生はいろいろなことが起きた方が勉強になるから、むしろありがたいと思うことにする。片目が見えなくなったからって暗澹《あんたん》たる気持ちになんてならない』と豪語していた。とはいえ、こういうときに頼りにしてきたお父さんが今はいないし、まあ、まったく不安ではない、ということはないだろう

ねえ」

「うーん、まず、不幸ではないけれど、不便ではあるわけだよねえ」

小太郎は腕を組んで想像してみた。

「そうだよね、あの年齢で見え方が変わったら、きっと、慣れるまでは不便だよね。交通事故だとか、ひとり暮らしの家事のミスだとかも、心配になっちゃうよね」

鞠子はうつむいた。

手術後も一週間は残ることにして、二週間ほどをアンナと過ごす想定で荷造りをし、鞠子は翌日から東京の実家へ行った。


二週間後に戻ってきた鞠子は肩を落としていた。

アンナの手術は上手くいかなかったのだ。

「大変だったね」

小太郎は鞠子を労《ねぎら》ってコーヒーを淹れた。

「うん、ありがとう……。もう、右目で見ることはできないんだって」

鞠子はマグカップを受け取ってちゃぶ台の前に座った。

「そうか」

小太郎も自分のマグカップを持って向かいに腰を下ろした。

「しかもさ、目のことだけじゃないんだよ」

鞠子は眉根を寄せた。

「どういうこと?」

「いや、まあ、深刻なのは視力の問題だけなんだけどさ。会ったときに、『あれ? アンナさんって、こんな顔だったっけ?』って思ってしまって。もちろん、こちらは表情には出さないで、いつも通りに振る舞ったよ。だけれど……、要は、老いが始まっているということなのかな。本人には言えないけれどさ。しかも、脚が痛いとか、物覚えが悪くなったとか、マイナートラブルもいろいろ抱えていて」

「だけれど、趣味もたくさんあって、活発に過ごしているんじゃなかった?」

「『右目が見えなくなってから、出かけるのが億劫になった』とか言って、趣味のサークルに行くのはサボりがちらしいの。個人で家でもやっていた絵だとか染物だとかも、続けたい気持ちはあるらしいけれど、見えにくいから大変じゃない?」

「うん」

「慣れれば大丈夫なのかもしれないけれど、まだ距離感がつかみにくいのか、歩いていてドアにぶつかったり、ちょっとつまずいたりもしていたし」

「そうか」

「うん。……とはいえ、私にできることはもうないし、アンナさん本人に頑張ってもらうしかないよね。私は、遠くから応援するしかないよ」

鞠子はコーヒーをこくりと飲んで、笑顔を作った。

「うーん、そうなのかなあ」

小太郎はコーヒーをすすりながら、じっと考え込んだ。

「どうしたの？」

鞠子はいぶかしんだ。

「鞠子は、アンナさんと一緒に暮らしたいんじゃないの？」

小太郎は鞠子の顔をじっと見た。

「え？　どういう意味？　私が東京へ行っても構わないってこと？　小太郎は私と一緒に暮らさなくても大丈夫ってこと？」

「いやいや、違うよ。アンナさんと僕と鞠子と三人で暮らす可能性もあるのかな、って、ふと思いついただけ。でも、アンナさんは東京を出たことないんだもんな？　『一緒に嬉野へ移住しよう』って誘っても、腰を上げないだろうね？」

「え？」

鞠子は固まった。

「あはは、まあ、無理だよね」

「わからないけれど……。ありがとう、そんな風に考えてくれるなんて。小太郎がアンナさんと一緒に住んでもいい、って言うとは、さすがに、予想だにしていなかった」

「僕は、アンナさんのこと、好きだからね。まあ、義実家との関係って、別々に暮らしているときは上手くいっていても、同居を始めた途端に悪くなってしまうことがよくあるらしいから、慎重になるべきだろうけれどね」

「そうだよね」

「うん」

「それと、気になるのは、うちの親と小太郎が一緒に住むことを、小太郎のお父さんとお母さんはどう思うだろうか？　小太郎は長男だし、『ゆくゆくは小太郎と一緒に住みたい』とお父さんとお母さんが考えているってことはない？　うちの親と住み始めたら、『あれ？』って思われない？」

「大丈夫。これまで長男扱いされたことがないし、一番上だからって特別な気持ちは持たれていない感じがする。今はまだ妹の亜美が実家にいて寂しさは感じていないだろうし、もしかしたら亜美はずっと実家にいるかもしれないから僕が『一緒に住む』って言い出したらかえってごちゃごちゃするよ。あと、うちのお父さんは、自分が稼いだ金で生活することにこだわる人だったから、年金だけには頼らず、貯金で老後の生活をまかなう計画を立てていると思う。体調を崩した場合はプロに手助けを頼むつもりなんじゃないかな。まあ、こちらが仕送りを増やしたら喜んで受け取るには違いないけれど」

「そしたら、小太郎の印税で今は少し余裕があるから、仕送りを五千円から一万円に変えようか？」

「作家稼業は水ものだから、いつまで余裕があるかわからないけれどね。それに、引っ越しには少なからずお金がかかるし。でも、まあ、それも含めて僕から上手く伝えておくよ」

小太郎は自分の胸を、とん、とん、と叩いた。

「じゃあ、もしも、アンナさんと住めたら、確かに私は嬉しい。ありがとう、小太郎。あと一週間、小太郎の気持ちが変わらなかったら、アンナさんに『一緒に嬉野へ行かない？』って、本当に聞いてみてもいい？」

鞠子は真剣な顔になった。

「うん、いいよ」

「だけど、気が変わったら、正直に言ってね。あるいは、もしも、気が変わらなくて嬉野にみんなで行くことになって、住み始めたあとに仲良くやれそうにないことに気がついた場合でも、いつでも正直に言ってね。そうしたら、私がちゃんと考えて、また別居するなり、家の中で距離を作るなり、上手くやるから。私は、小太郎の一番の味方だから」

「うん。……じゃあ、マグカップ、洗うね」

小太郎は鞠子と自分のマグカップを持って立った。

それから一週間が経っても小太郎の気が変わらなかったので、鞠子が電話で「一緒に暮らす気はあるか？」とアンナに尋ねてみることになった。鞠子は自分の心配を解消するためにアンナと暮らしたいという気持ちを強く抱いている。でも、鞠子の予想は、「とはいえ、アンナさんは断ってくるだろう」というものだった。馴染み深い東京を簡単に離れられないという心も強くあるだろうし、小太郎に対する気兼ねもあるだろうし、たとえ体が衰えても自分で家事をこなして暮らしを立てたいという気概もあるだろう。ただ、「一緒に住もう」というこちらからの誘いを悪くは思わないのではないか。結局は断るにしても、小太郎の気持ちはありがたく受け取ってもらえるのではないか、と鞠子は考えて、とりあえずこちらの思いを伝えるつもりらしかった。

「あー、アンナさん、具合はどう？　……そう、良かった。こっちは元気だよ、もちろん。……うん、まあ、話ってほどじゃあないんだけれどもね、こないだ、小太郎と私が佐賀県の嬉野に引っ越しを考えているっていう話をちらりとしたじゃない？　それで、もしも、アンナさんも一緒に引っ越しをして、アンナさんも一緒に嬉野に住んだら面白いんじゃないか、って小太郎が言っていてね、アンナさんは東京を離れたくない思いもあるだろうけれども、とにかく誘うだけ誘ってみようかなと思ってさ。どう？　……あ、そう。うん、じゃあ、また電話する」

鞠子はあっさりと電話を切った。

「アンナさん、なんて言っていた？」

おそるおそる小太郎は尋ねた。小太郎は、鞠子の予想には懐疑的だった。もしも、こちらのセリフを「高齢者のひとり暮らしは大変だろうから、面倒をみてあげる」といった上から目線のものの ようにアンナが捉えたら、「私を老人扱いするな」と怒る可能性もあるのではないか、と小太郎は踏んでいた。

「行くって」

鞠子は肩をすくめた。

「え？」

「即答だった。小太郎、本当にいいの？」

「まあ、ちょっとは不安だけれどさ、船を進めよう」

小太郎は前方を指差した。


その一週間後、アンナが一度小太郎たちの家に遊びにきて一泊し、引っ越しのイメージを話し合った。

さらに二週間後、鞠子がひとりで嬉野へ行き、中古の一軒家にひとめ惚《ぼ》れして、さっさと購入してきた。

小太郎としては、少しくらい相談してくれて、そのあとに契約を結んでも良かったのに、と思わないこともなかった。とはいえ、家を選ぶ基準を自分は持っていないし、相場もまったくわからないので、鞠子が気に入ったのならばそれが一番だろう、と考えることにした。その他のことも、引っ越しの準備のほとんどを鞠子が担い、小太郎は鞠子から事後報告を受けるだけだった。

嬉野移住に向けて小太郎が行ったのは、銀行の退職準備だけだ。辞める予定の二ヶ月前に上司に退職願を出して、受理された。慰留されることはまったくなかった。佐賀県の嬉野に引っ越すことを伝えると奇異なものを見るかのような視線を向けられたが、

「まあ、作家先生だもんなあ。夢の印税生活だな。田舎でゆっくり過ごして、気が向いたら書きものをする。いいなあ、晴耕雨読かあ」

と笑われた。小太郎としては、「ばかにされている」と感じた。作家活動は、銀行に勤めている人からすれば、仕事に見えないのだろう。雨でも風でも満員電車に揺られて出社して、嫌な人にぺこぺこするのが仕事だ、という頭では、家で文章を書くという行為は趣味としか捉えられないはずだ。鞠子だったら趣味と思われたらむしろ喜ぶのだろうが、小太郎は自分がしていることを趣味だと思われるのは屈辱だった。社会参加している、嫌な思いをしながら行っている、気が向いたらではなくて休みなく執筆は行う、金を稼いで税金を納めている、とわかって欲しい気持ちが湧く。だが、もちろん円満退社を望んでおり、無駄な言い合いは避けたいので、

「あはは、いやあ、どこへ行ったって、日銭を稼ぐために仕事に追われますよ。今回の引っ越しは、妻と妻の母のためなんです」

と頭を掻いただけだった。鞠子やアンナのせいにして引っ越しをするのは嫌な感じだが、「妻

の母と同居することにしました」という体《てい》にすると、まるでこちらが善人であるかのような目で見てもらえて、小太郎は良い気分になった。

上司が退職願を受理したあとは、簡単だった。上司がみんなに伝え、同僚たちは驚かずに受け止めた。

小太郎は少しずつ机の周辺を整理して私物を持ち帰り、最終日にはみんなにお菓子を配って、自分は花束をもらった。同僚の金氏が送別会を企画してくれて、駅前の串焼き屋で十一人ほどでビールを飲み、感謝を伝える挨拶をした。泣くかもしれない、と小太郎は身構えていたのだが、周囲がわりとあっさりした対応だったので、小太郎もそこまで心を揺さぶられることなく、銀行をあとにした。

翌日から、

「さて、引っ越し準備をするか」

と腕まくりをしたが、

「え？　いいよ、いいよ。私がやるから」

鞠子は三角巾を頭に結んでひとりで段ボール箱の雑貨の上に緩衝材《かんしょうざい》を詰めていく。小太郎にはマグカップひとつ梱包《こんぽう》させようとしない。

「なんで？　僕がアンナさんと住むことに決めたから、気を遣っているの？」

小太郎はいぶかしんだ。

「……とにかくね、万が一、アンナさんと小太郎の間にいざこざが起こったら、私は小太郎の味方をするからね」

鞠子はやはり気を遣っていたらしい。

「へえ、ありがとう。でも、どうして？」

「世の中、嫁姑問題は多いでしょう？　それで、『嫁姑問題が起きた場合、夫は嫁の肩を持つべきだ』という意見をたくさん聞いたんだ。それだったら、嫁だって夫の肩を持つべきだなあ、と思ったんだよ」

「ふうん」

小太郎は手持ち無沙汰《ぶさた》になり、三作目の執筆を始めた。これからは月々の決まった給料というものがなくなるので、「稼げる原稿にしたい」という気持ちも強まる。

鞠子は、金氏さんや「雨の会」の人たちに別れを告げたときはちょっと泣いたらしい。それでも新天地への期待が高まっているせいで、引っ越し準備の作業は明るい顔で行っていた。

そうして、雪の降る朝に、小太郎と鞠子とアンナは飛行機に乗って嬉野へ向かった。

嬉野には雪は降っていなかったが、「南だから」と安易に想像していたほどは暖かでなく、結構寒い。

家に着き、引っ越し屋が新居に荷物を運び終えたあと、三人は温泉に向かった。嬉野には良い湯が湧いているのだった。

温泉でほくほくになって家に帰ると、部屋の中に段ボール箱が山積みになっていたが、三人ともすっかり気持ちが緩んでしまっていたので、「荷解《にほど》きは明日にして、引っ越し蕎麦《そば》を食べよう」ということになった。乾麺《かんめん》と鍋を仕舞った段ボール箱を小太郎が探し当てて開封し、鞠子が蕎麦を茹《ゆ》で、みんなで食べた。ついでに日本酒を飲み、その日はそれだけで寝てしまった。

次の日から家をしつらえ始めた。アンナと鞠子がわいわいと楽しそうに荷解きを行うので、力仕事で呼ばれるときの他は暇になり、小太郎は仕事部屋にパソコンを置いて執筆を再開した。

この家にはそれぞれの個室がある。仕事部屋と、趣味部屋が二つ。趣味部屋は鞠子とアンナのものだ。その他に、居間と、小太郎と鞠子の寝室と、アンナの寝室がある。古い家だが、前に住んでいたマンションに比べたら段違いに広くて、居心地が良い。

一週間もすると、段ボール箱が片付き、生活らしきものが始まった。野菜も水もおいしいし、風景は美しいし、ステレオタイプなフレーズだが、

「心が洗われるようだなあ」

と小太郎は呟いた。

出勤しない生活はなんだか後ろめたく感じられたが、その後ろめたさの分、執筆を頑張ろう、と小太郎は決めた。元来、真面目な性格なので、自分で起床時間や執筆時間を定めてスケジュールを組み、習慣を大事にする生活を心がけた。

鞠子とアンナもそれぞれ趣味を再開して、それぞれのルールで暮らし始めた。

鞠子は趣味部屋で趣味の小説を書く。稲村さんとメールで連絡を取り合いながら、次の本の準備を進めているようだ。小説のイベントを嬉野で開くことも計画しているという。それから、前に取材でお世話になった小山内さんに陶芸を習うということも始め、ときどき小山内さんの家へ出かけた。

アンナは音楽の趣味を新たに持った。レコードでクラシックを聴いてブログに感想をアップする、ということを始めたらしい。また、太極拳のＤＶＤを観ながら、いろいろなポーズをとるということもしている。

そうして、三人の共通の趣味として、散歩がある。


夕方、三人で連れ立って玄関を出た。畑の周りを歩き、丘を登り、川沿いを下る。

散歩の最中、三人はほとんど喋らない。距離も二、三メートル空けて、ばらばらで歩いた。

冷たく清らかな空気の中、家族で歩いていると、自分たちが世界にとって重要な存在であるかのような気分になってきた。

三人共、生産性の高い活動はしていなかったが、それでも生物として精一杯に生きて、世界の雰囲気作りの一端を担っている。「それだけでも十分なのだ」と夕方の散歩は自分たちを肯定してくれる。

夜ごはんは、平日は鞠子、土曜日は小太郎、日曜日はアンナが作った。

インターネットは繋がるが、情報から離れた感覚があって、何をするにも落ち着いていられた。周りからどう見られているか、ということが気にならなくなった。

小太郎の二作目の小説『散歩だけが人生だ』は売れ続けているらしかったが、近所に大きな書店がなく、インターネット通販をチェックする気分にもならなかったので、どの程度売れているのかはわからなかった。ただ、重版がさらにかかり、印税を振り込んでもらえたので、「良かったなあ」と小太郎は思った。この先も作品が書けるのかどうか、書けたところで需要があるかはわからなくて、十年先のことを思えば心細くもなるわけだが、とりあえず貯金ができたので、銀行を辞めたことへの後悔は湧いてこない。もしも、どうしても食っていけなくなったとしても、ブランクがあったところで銀行勤めの十八年の経験は世間で評価してもらえるのではないか、職種を選ばなければどこかしらの会社に再就職ができるのではないか、とも思えた。

鞠子は、小太郎がどれだけ稼いでいるかということには頓着《とんちゃく》せず、質素倹約を心がけつつも、将来設計は大して立てていなかった。小太郎の仕事が成功しようと失敗しようと我関せずという感じだった。

鞠子の方の趣味の小説も上手くいっていた。二冊目の陶芸をテーマにしたアンソロジー『ceramic』が好評だったので、稲村さんとスカイプやメールで遣り取りし、三冊目のテーマも決めたらしい。次は、『子どもを産まない暮らし』というタイトルにして、中編小説をそれぞれ一編ずつ書き、対談や写真やイラスト、友人たちへのアンケートなども収録し、雑誌のような本にするという。随分と楽しそうだった。

「この冊子が春にはでき上がる予定だから、嬉野でトークイベントを開こうと思っているの」

鞠子はそんな計画も語った。

冬の間に、小太郎と鞠子は熱心に筆を進めた。どうやら寒い日の方がどんどん書けるらしい。寒い国に長編小説家が多いことも思い合わせれば、頭が冷えることは作家にとって好都合なのに違いない。ストーブで足元だけ温めて、冷たい頭でパソコンに向かった。小太郎は金のため、鞠子は自己満足のための執筆だ。

小太郎の三作目は、『金が流れない世界』という経済ファンタジー小説だ。店に商品はあるが、金では遣り取りされない。サービスは厚意から行われ、金を払っても優しくされない。

鞠子の書いた中編小説は、「ばあさんが来た」いうタイトルで、「子ども」ではなく「ばあさん」が家にやって来た話だった。未来ではなく過去に向かって世界が開けていく展開で、鞠子としては自信作らしかった。

小太郎の『金が流れない世界』は、また鈴木出版から春先に出してもらえることになり、鞠子の「ばあさんが来た」は、稲村さんの中編小説「ひとりぼっちの幸福」と共に、『子どもを産まない暮らし～稲村日登美と野原鞠子のアンソロジー～vol.3～』に収録されることになった。

そして、三月から市民農園が借りられることになり、鞠子とアンナは畑仕事にも勤《いそ》しみ始めた。それに合わせて絵手紙も再開して、土の絵だの種の絵だのを葉書に描き、郵便局を挟まずに遣り取りして、いそがしくなった。

暖かくなるに従って、虫や花が世に溢《あふ》れ、散歩は楽しさを増した。ミミズや芋虫《いもむし》は、まじまじと見れば可愛らしい。

本の出版や制作の準備、それぞれの趣味、散歩、とめまぐるしい生活だ。美術館や書店などの文化は遠くなり、情報も少ない生活だが、充足している。

小太郎にとっては知り合いのまったくいない土地だったが、近所の人々とも少しずつ挨拶を交わすようになり、また、鞠子とアンナとたくさん喋るので、寂しさはそれほど湧いてこない。鈴木出版の担当編集の田中が打ち合わせのために一度だけ嬉野まで来てくれ、

「いいところですねえ」

というセリフを連発した。

引っ越して良かった、と小太郎はしみじみ思った。

小太郎の三作目の小説『金が流れない世界』は発売後、二作目ほどの盛り上がりではなく緩やかにではあったが、まずまずの評判で、新聞や雑誌にも書評が載った。順調な滑り出しだ。こん

なにとんとん拍子に出版が進んでいくなんてびっくりだ。そのうち、新作を出してもまったく売れない時期が来たり、つらい問題が起こったりもするのだろうが、目下のところ、小太郎は作家としてわりと安定している。世間的にブレイクする必要や、文学的に評価される必要は特に感じない。生活を維持できる程度の印税がもらえている今の状況を保っていきたい。欲を出さずに、こつこつと頑張っていこう、と小太郎は思っていた。

　鞠子と稲村さんが作った『子どもを産まない暮らし～稲村日登美と野原鞠子のアンソロジー～vol.3～』という趣味の冊子も、上出来だった。小太郎の本に比べたら鞠子たちの本はかなり粗雑な造りで、部数は小太郎のが二万部で鞠子たちのが百部なので雲泥の差だが、鞠子と稲村さんは、とても満足していた。安い紙で作ったちゃちな本だが、それがかえって可愛らしく見える。エゴサーチをして、友人がツイッターで冊子を褒めてくれているのを見つけたら、リツイートをした。趣味なので、その程度のことでも、キャッキャと電話やメールで喜び合って楽しんだ。

　さらに、鞠子と稲村さんは、嬉野でトークイベントを開く準備を進めた。期日は五月のはじめで、場所は農協の野菜売り場の一角を借りられることになった。告知は、ホームページやツイッターで行った。素人である鞠子と稲村さんの話を聞きたがる人がいるとは思われなかったが、煽《あお》るために、「あの稲村日登美と野原鞠子が、なんと嬉野に！」と誇張して書いた。

　稲村さんはイベントの前々日に嬉野へやってきて、小太郎たちの家に宿泊した。クッキーやフリーペーパーの下準備は鞠子と稲村さん、そして、小太郎とアンナも手伝って済ませ、当日も四人で一緒に会場へ向かい、設営を行った。

　事前申し込みは不要の、無料のイベントなので、どれくらいの人が来場してくれるのか、まったく予想がつかなかったが、鞠子と稲村さんは、三十人が集まっても座れるようにパイプ椅子を準備した。舞台に上がるのは気が引けたため、台は置かず、自分たちも同じパイプ椅子に座って喋ることに決めた。どの席からも自分たちが見えるように、バラバラに椅子を並べて、三十脚の椅子にひとつひとつ座ってチェックした。

　イベントの前日に焼いたクッキーと、当日に淹れたコーヒーを用意し、紙皿と紙コップをテーブルに置いた。

　それと、トークを円滑に進めるために話したいことを簡単な文章にまとめたものに、イラストも付けて、フリーペーパーを作って「受付」に用意した。これはパソコンを一切使わず、すべて手書きで書き上げた原稿を、コピー機で片面印刷した、かなり簡素なものだった。

　開場の時間になると、小太郎とアンナは「受付」に立った。予約の必要のない無料イベントだが、受付はさすがに必要だろうということで、小さな机を借り、白い紙に「受付」と書いてセロハンテープで貼った。お客さんが来場したら椅子まで案内するのだ。

　小太郎が作家としてトークイベントをしたときは、出版社の営業さんや編集者さんたちが事務作業や受付などを担ってくれて、自分はソファに座っているだけだった。トークイベントだけでなく、作家として行う仕事の多くの場面で、雑務や遣り取りを、作家自身ではなく他の人が代わりに担って進めてくれる。だから、作家ではなく趣味で小説を書いている妻のために、作家の自分がこうして雑務や他人との遣り取りに奔走《ほんそう》することを、不思議に感じた。鞠子に対して恩着せがましい気持ちも湧く。小太郎は何度か新聞に顔写真が載ったし、一回だけテレビに出たこともあったので、「作家の野原小太郎さんですか？　サインをください」なんて声をかけられたらどうしよう、もしも声をかけられたら、「今日は妻のトークイベントなので、僕は裏方なんです。ごめんなさい、サインも遠慮させていただきます」と言おう、とまるで梨園に嫁いだ女優が歌舞伎役者の夫のために挨拶をするときのような心構えで臨んだのだが、結局のところ、二十人ものお客さんが来場して、誰も小太郎に声をかけなかった。テレビタレントと違って、作家の顔なんて世間に覚えられていないのだ。人気作家でも街中を堂々と歩いているらしいのに、小太郎程度が声をかけられるわけがなかった。大仰な心構えをしていたことが恥ずかしくなった。

ともかくも、二十人ものお客さんが来場した。その多くが、鞠子や稲村さんの友だちの友だちのそのまた知り合い……、といった関係らしかった。

その中に、とてもスリムな体形の、四十代半ばくらいの女性がいた。水色のカシミアのカーディガンの肩に、長い黒髪がかかっている。目鼻立ちのはっきりした美人だが、顔色がひどく悪い。壁際の椅子に腰掛けて、ぐったりとしていた。

「あの方、大丈夫でしょうか？　ご気分が悪そうですけれど……」

小太郎は隣に立つアンナにひそひそ声で尋ねた。

「そうねえ……。でも、入っていらしたときからあんな感じだったでしょう？　本当に休調がすぐれなかったらこんな会に来ないでしょうし、ゆるい会だから出ていくのも簡単でしょうし」

アンナも声のボリュームを落とし、娘の晴れ舞台なのに「こんな会」などと淡々と喋る。

確かに、「鞠子と稲村さんの話をどうしても聞きたい」というほどの気持ちを持つ人間がこの世にいるとは思えない。あのお客さんは病気をおして来場したわけではないだろう、と小太郎は推察した。

やがて時間になり、緊張した面持ちの鞠子と稲村さんがお客さんの前に立ち、深々とお辞儀をした。

「野原鞠子です。今日は、いらしてくださってありがとうございます。私たちが話している間も、みなさんもお話しになったり、コーヒーやクッキーを食べたり、会場を出たり入ったり、すべて自由ですので、気楽にお願いします。お子様連れの方は、お子様が泣いても気にしないでくださ
い」

鞠子が挨拶した。「子どもを産まない暮らし」を謳《うた》ったイベントだが、三歳くらいの子と一歳くらいの子を連れた母親も来てくれている。

「稲村日登美です。趣味のイベントですので、肩の力を抜いて楽しんでください。交流の場になったらいいな、と思っています」

稲村さんもにこにこと続けた。

小太郎はクッキーをひとつつまんでから話に耳を傾けた。クッキーはとても砂糖が効《き》いていて、甘党の小太郎をリラックスさせる。

二人は冊子作りのきっかけから話し始め、制作中の面白エピソードや失敗談でひと笑いを取った。そのあとで、

「私、出産はしていないんですけれども、息は毎日吸ったり吐いたりしているんですよ」

稲村さんが本題に入った。

「ええ、ええ。呼吸するって大変なことですよ。生きていないとできないですから」

鞠子がコクコクと頷く。

「自殺しないで、毎朝、起きているんですよ」

稲村さんがおどけて喋る。

「そう、そう。目を開けるだけでも、結構大変なんですよねえ」

鞠子が合いの手を入れる。

「本を読む日も多いんですよ。音楽を聴く日もあります」

「感受性が研ぎ澄まされたり、気持ちが清らかになったりしますよね」

「私は、子どもの頭は撫でていないんですが、自分の頭を毎日撫でていますよ」

「うん、うん」

「子どもを育てるのはえらいって言われるのに、自分を育てるのはえらいって言われないのは、なんだか変だなって常々思っているんですよ」

「本当に、私も変だと思います」

「自分に対しても、他人に対するのと同じように、優しくした方がいいと思うんですよねえ」

稲村さんが頬に手を当てて言う。

「自分に優しくするのも、社会活動ですよね。子どものために服を買うことだけでなくて、自分のために服を買うことだって経済活動ですよねえ」

鞠子が頷く。

「あ、そう言ってもらえて、光明が見えました」

子連れの母親が手を挙げた。その若い母親は、黒いエプロンドレスに、レースがひらひらと付いた小さな帽子、大きなキノコのピアスというゴスロリファッションが似合っている。子どもたちは車のプリントがついたトレーナーにスウェットのズボンというお揃いの格好だ。動きやすさを第一にしていて、母親とはまったくファッションが違う。三歳ぐらいの子どもが、

「ぼくも、ママのおようふく、すきなんだ。かわいいから」

母親の腕にまとわりつき、にこにこと喋った。

「私の場合は、ここ数年の間、大の父の介護をすることがメインの生活をしているんです。でも、週に一回は、デイサービスに義父のことをお願いして、自分はひとりでお店に出かけ、ほうじ茶

ジェラートを食べるんです。ほうじ茶ジェラートを食べることはルールにしていて、『今週は食べなくても我慢できそうだな』だとか、『お金がもったいないな』だとかって思う日でも、『これは、私がやるべきことだから』って考えて、無理にお店へ行って、必ずほうじ茶ジェラートをもくもくと食べるんです」

長い髪をシニヨンにまとめ、紫色のカーディガンを羽織った、五十代前半と思われる女性が挙手して言った。

「あ、ほうじ茶ジェラート、わかります。たぶん、そのお店って、湯豆腐屋さんの近くにある、お茶屋さんじゃないですか？」

鞠子が尋ねると、

「そうです、そうです。おいしいですよね」

女性が頷く。

「私も、ほうじ茶ジェラート、好きです。私は嬉野につい最近住み始めたんですが、あのほうじ茶ジェラートを食べて、引っ越してきて良かったな、としみじみ思いました。嬉野はお豆腐もおいしいし、お茶もおいしいし、とっても良いところですね」

鞠子は自分の胸の前で両手を組んで、嬉野を絶賛した。すると、そのあと、

「嬉野名物とはちょっと違うかもしれませんが、私のお勧めはハンバーグ屋さんなんです。ご存じですか？」

とハンバーグ屋、カフェ、お好み焼きなど、嬉野情報を語る人が何人か続いた。

「あのう、すいません。話が戻ってしまうんですけれども、私の周りには必死に働いたり育児したりしている人が多いんです。他人のために時間を使っている頑張り屋の方ばかりだから、自分のための時間を作っていることが贅沢な気がしちゃって、後ろめたくなります。贅沢していることは内緒にしないといけないんじゃないか。私は人形作りが趣味なんですけれども、そのことは友人に言えなくて……。みなさんは、そういう罪悪感って持っていらっしゃらないんですか？」

生活情報を伝える人、自分の経験を語る人、質問を投げる人、様々な人が加わって、会は大いに盛り上がった。


その間も、件《くだん》のぐったりとした女性は、体の片側を壁に預け、トークにまったく反応せず、うつむいた姿勢で固まっていた。体調が悪いのではないとしたら、話が面白くないのだろう、と小太郎は邪推した。つまらないからうつむいているのではないか。あるいは、話の内容に反感を持っているのではないか。

鞠子と稲村さんからも女性の姿は見えているはずだから、つまらなそうにしているお客さんがいると感じて自信をなくしはしないか、と小太郎は心配にもなった。だが、鞠子たちは気丈にトークを続け、終了予定時刻を迎えた。

「今日はありがとうございました。みなさんとお話しできて、とても嬉しかったです。私たちはこのあともしばらくこの会場に残っておりますので、もしも、まだ私たちと話したいと思ってくださっている方がいらしたら、ぜひ声をかけてください」

鞠子は深々と頭を下げた。

「本当にありがとうございました。それから、趣味でやっている冊子にサインをするというのはえらそうで嫌な感じかもしれないんですけれども、一応、作家ぶって、自分たちのサインを考えてきたものですから、私たちのサインが欲しいという奇特な方がいらっしゃいましたら、ぜひ書かせてください、あはははは。それでは、ここでとりあえずトークイベントを終了させていただきます」

稲村さんは照れたように笑って、会を締めた。

お客さんたちは椅子から立ち上がり、数人は帰り支度をして出口に向かった。小太郎とアンナはお辞儀をして見送った。

残った人々は、鞠子や稲村さんを通した遠い知り合いという関係らしく、雑談を始めた。

さらに別の数人は、「受付」にやってきて、台の上に置いてある『子どもを産まない暮らし～稲村日登美と野原鞠子のアンソロジー～vol.3～』と、鞠子たちの一冊目と二冊目のアンソロジー冊子を見た。

「購入したいです」

と財布を出してくれる人もいたので、小太郎は会計係も務めた。

しばらくすると、ぐったりとしていた女性も立ち上がり、ゆっくりと「受付」にやってきた。

そして、冊子をぱらぱらとめくった。

女性は vol.3 の冊子を選び、

「これをいただきたいです」

か細い声で小太郎に渡した。

「ありがとうございます」

小太郎が会計を済ませて見送ると、ぐったりとしていた女性は鞠子の方へ向かって歩いていった。

鞠子はカウンターの前で立ったまま、別の人にサインを書いている。前日に稲村さんと笑い合いながら、いかにもサインという雰囲気にお互いの名前の漢字を崩したものを考えて準備していた。ただ、芸能人のサインでは読めないような崩《くず》し字《じ》をよく見かけるが、作家の場合は普段の筆跡のまま、普通に名前を書く人がほとんどだ。鞠子たちはふざけている。

本の購入を検討している人がいなくなったので、「鞠子のサインでも手伝ってやろうか」と小太郎も鞠子たちのいる方へ向かった。

「合紙《あいし》を挟みますか？」

小太郎は習字用の半紙を四分の一に切ったものを手にした。これは前日に小太郎が準備した。本にサインをして、すぐに閉じるとインクが移ってしまうことがあるので、ページの間に紙を挟んでおくのだ。

「お願いします」

開いたままの本を鞠子が小太郎に向けたので、小太郎は紙をサインの上に置いた。鞠子はその本を閉じ、お客さんに返した。そのお客さんが帰ったあと、後ろに並んでいた先ほどのぐったりとしていた女性が前に進んで、

「初めまして」

と鞠子に挨拶した。やはり、とても小さな声で、覇気がない。

「初めまして、稲村さんのお知り合いですか？」

鞠子が尋ねると、

「いいえ。私は、隣の村に住んでいる者です。どなたとも知り合いではありません。先月、ネットサーフィンをしていたとき、たまたま鞠子さんたちのサイトを見つけたんです。そうして、今日ここでイベントがあることを知りました。この辺りで、こういった文芸イベントがあることはめずらしいので、行ってみよう、と考えました」

弱々しいトーンだが、ぐったりとしていた女性は真面目な顔で喋る。

「文芸イベント……。えへへ」

鞠子は照れて頭を搔いた。

「鞠子と稲村さんの文章は、何かお読みになられましたか？」

小太郎は横から質問してみた。

「ごめんなさい。まだ、拝読していないんです。今日、これを買いましたので、読ませていただきます。サインをいただけますか？　宛名をカタカナで『ミキ』とお願いします。サイトも、これからきちんと拝見します。ごめんなさい、鞠子さんと稲村さんのことをきちんと知ってからイベントに来るべきだったのかもしれませんね。時間はいっぱいあるんですけれど、なかなか動けなくて……。とにかく、今日のイベントの告知を拝見したとき、『こんなに近くで文芸イベントがあることは稀だから、これをきっかけに外へ出てみよう』と考えて、勇気を出して、なんとか一歩を踏み出したんです。実は、私、この三ヶ月の間、一歩も外に出ずに家の中で過ごしていたんです。だから、私の姿、きっと見苦しいですよね？　ごめんなさい」

ミキは弱々しく頭を下げて、ぼさぼさの髪を押さえた。

「そんな、そんな。いらしてくださって嬉しいです」

鞠子はそう言いながら、冊子に「ミキさんへ」と宛名を書いてサインをした。

「握手していただいてもいいですか？」

ミキは細くて白い手を出した。鞠子みたいな素人と握手したいなんて、本当に変わった人だ。

「ええ、もちろん」

鞠子はギュッと女性の手を握った。

「あの、こんなことを話していいのか……。実は、私、三ヶ月前に突然、夫を亡くしたんです。

当日の朝まで元気で、いつも通りに出社しました。でも、昼過ぎに夫の会社から電話があって、仕事中の事故で頭を打ったって……。病院に駆けつけたんですけれど、最期には間に合いませんでした。葬儀の準備などはなんとかこなしましたが、見送ってしまったあとは、やることがなくなって、家でテレビを観ているだけという状態でして……。食欲がまったく湧かないんです。ジュースやらお菓子やらを胃に押し込んでなんとか生きている感じで……。自分は会社員でして、最初は休暇をもらっていたんですが、どうしても勤務を続けられないと思い、『辞めたい』と電話で伝えました。上司が慰留してくれて、今は長期休暇扱いにしてもらえているみたいなんですが、この先に夫を亡くす前と同じような振る舞いができる日が来るとは思えないんです」

ミキは、蚊の鳴くような声で、それでいて理路整然とした話し方で喋った。おそらく、会社員としては仕事のできる人だったのだろう。

「そうだったんですか……」

鞠子は手を握ったままで頷いた。何か話したいと思いながらも、言葉が見つからないようだ。

「そうだったんですね、それは、とても、……悲しいですね」

小太郎もなんと声をかけていいかわからなかった。

「ごめんなさい、私の話、今回のトークイベントのテーマに関係ないですよね。私に子どもはいないんですけれど、結婚する前から夫と話し合って子どもを作らない人生を選択していて、そこに迷いが生じたことはないんです。今も、『子どもを作っておけば良かった』なんて微塵も思いません。だから、『子どもを産まない暮らし』という今回のテーマって、私の生活に当てはまってはいるんですけれど、実はほとんど考えたことのない、興味のない話だったんです。ただ、『外に出るきっかけ』とだけ思って、今日、来ました。でも、来て良かった。鞠子さんや稲村さんの視点は新鮮で、自分とはまったく違う世界の、私に関係のない話で、なんというか、心に風が吹き込んできた感じがありました。悲しみに沈んでいるときって、同じ経験をした人や、自分に理解を示してくれる人と話し合った方がいいものなのかな、と思っていましたが、自分の悩みに関係のない話を聞いても、傷口を癒してくれる作用があるみたいですね」

ミキの声は少しずつ大きくなったみたいだ。

「そうですか……」

鞠子は一所懸命に頷く。

「死について教えてくれる作家や、悲しみを克服する方法を語ってくれる作家もいるとは思うんです。あるいは、カリスマ性があってこちらを夢中にさせてくれる作家もいますよね。……あ、私は、小説が好きでよく読むんです。今回、文芸イベントと知って反応したのもそのせいなんです。まあ、好きといっても、有名どころをちょこちょこ読んでいるだけなんですけれど。……でも、なんていうのかな、失礼な言い方かもしれないですけれど、鞠子さんみたいに、読者と並列に存在してくれる、こちらに何も教えない、夢中にもさせない作家もいいもんだなあ、って、今日、思いました」

自分がきちんと喋れているということで少しだけ自信を取り戻したようで、ミキの表情は柔らかくなった。

「あの……、今日、イベントを開いて良かったです。本当は、『趣味でこんなことやって、なんの意味があるんだろう』って、そういう疑問もちょっとだけ湧いていたんです。仕事で小説を書いたりイベントをやったりしている人に比べると、社会のためになっていない。ただの遊びなのに、無駄にお金を使って、紙に刷ったり、場所を借りたり……。でも、ミキさんのお話を伺って、『きっかけ』という風に捉えてくれた人がいたんだ、ということが、今、こういう言い方をしていいのかわからないですけれど、……嬉しいです。こちら側が何もできなくても、ご自身の力で一歩を踏み出してくださる方がいるということが……」

鞠子は、そっとミキの手を離した。

「ええ、いいイベントでした。それじゃあ、そろそろ私は……」

ミキはベージュのスプリングコートを羽織った。

「あ、稲村さん。ごめんなさい、稲村さんも、良かったらこっちに……」

鞠子は、離れた場所で他のお客さんと喋っていた稲村さんに向かって手招きした。

「はい、稲村です。楽しんでいただけましたか?」

稲村さんは小走りで寄ってきた。

「あ、稲村さんにもサインをお願いしていいですか?」

もう一度、ミキが冊子を開いた。

「はい、もちろんです」

稲村さんはペンを出し、崩し字のサインをした。

「こちら、ミキさん。サイトを見ていらっしゃったんですって。素敵なお客さんで……」

鞠子は稲村さんに紹介しながら言い淀んだ。悲しい話を鞠子の口から伝えるわけにはいかないから、確かにこの程度しか言えないだろう。

「ありがとうございます」

稲村さんはお辞儀をした。

「なんて申し上げたら良いのかわかりませんけれど、どうぞ、ゆっくりと……」

鞠子は声を詰まらせた。

「ええ、今日は、いい時間を過ごせました」

ミキはほんの少しだけ微笑み、出口の方へ向かった。

小太郎は深く頭を下げて見送った。

そのあと、最後まで残ってくれた数人のお客さんたちと他愛のない雑談を二十分ほど交わしてから、イベントは完全に終了した。

鞠子と稲村さんとアンナと小太郎の四人で、会場の掃除をした。

「さっきの方、どんな方だった？」

クッキーの紙皿やコーヒーの紙コップを片付けていたアンナが鞠子に尋ねた。

「さっきの方って、ミキさんのことかな？」

箒《ほうき》を動かしていた手を止めて、鞠子が首を傾げる。

「ミキさんっておっしゃるの？　お顔の色がすごく悪かったでしょう？　具合が悪いのかしらね、って心配していたんだけれど」

アンナは続けた。

「あのね、旦那様を三ヶ月前に亡くしたばかりで、まだ立ち直れない生活を送っていらっしゃるのに、このままずっとこうしているわけにはいかないからと、今日のイベントを『きっかけ』と捉えて外に一歩だけ踏み出したらしいの。ミキさんは、私たちにも、テーマにも、ご興味はなかったっぽいんだけどね、『きっかけ』と捉えてくれたことに、私、ジーンとしちゃって……」

鞠子は頬に手を当てて、しんみりと喋った。

「そうなのね。伴侶を亡くした悲しみの話だったら、私も亡くしているから共感できたかもしれないし、私からもお話しできることがあったかも。さっき、私も話に加われば良かったかな」

アンナは悔やむ表情を浮かべた。

「うーん、話しても良かったかもしれないけれど、ミキさんは、同じ経験をした者同士で語り合うだけじゃなくて、まったく関係のない話を聞くのでも癒されますね、っていうようなことをおっしゃっていた」

鞠子は頬をさすりながら考え込んだ。

「なるほどねえ」

感心したようにアンナはため息をついた。

「趣味も、いいものですね。今口、しみじみそう思いました。社会を回しているのは、仕事だけじゃないんだな、と。趣味人も社会人なんだな、と」

小太郎はパイプ椅子を折り畳みながら話に加わった。

「そう思ってもらえたなんて、嬉しいです」

売れ残りの冊子を箱に詰めながら稲村さんがにっこりした。

「趣味によって助け合いが生じることがあるんだなあ、って気がつきましたよ。趣味って、悲しい出来事があったときに役立つんですね。悲しみや悩みに直接に効く薬がなくても、別の視点や違う考えがひゅっと頭に入ってくるだけで、癒しになることがある。あるいは、手作業に夢中になることで救われることがある。手作業は祈り、って聞いたことがあります。そう考えていくと、趣味が社会を回しているのかもしれない。仕事だけでは救えないことが世界にはあるんでしょうね」

小太郎は続けた。

そうこうするうちに会場が片付いたので、事務所に寄って礼を言い、家路に就いた。

「最近ねえ、他立と依存は違うものかもしれないなあ、ということを考えていたのよね」

あぜ道を歩きながら、アンナがポツリと言った。

「どういうことですか？」

冊子の入った箱を重そうに抱えながら、アンナの背中に向かって稲村さんが質問する。

「人間たるもの、できることなら自立していたいじゃない？　自立した大人として、社会に関わっていきたいじゃない？」

アンナが振り返って答える。

「ほお」

ゴミ袋を両手に提げて、鞠子が相槌を打つ。

「でも、体にガタがきたり、事情ができたりして、ひとりで立っていられないってときが来るじゃない？」

アンナは続けた。

「ふん、ふん」

鞠子が頷く。

「小太郎さんと鞠子から、『一緒に住もう』という提案をもらったときね、もちろん、『そんな簡単に上手くいくのかなあ？』という疑問は一瞬よぎったわけなんだけれどね、私も一歩を踏み出そうと考えたわけよ。自立に美しい立ち方があるように、他立にも美しい立ち方があるのかもしれない。それを目指そうかな、と」

アンナは夕日の光を背負って喋った。

「そうだったんですか……」

小太郎は橙色に染まるアンナの白髪を見た。

9
再び絵手紙

小太郎は鞠子を幸せにしたい一心でアンナと住むことを提案したまでで、積極的にアンナと住みたかったわけではない。アンナに好感を抱いているが、自分と親しい人ではないから、自分をさらけ出して気楽に生活することが難しくなる。現在、やはりアンナに気を遣いながら過ごしているし、思い起こせば鞠子との二人暮らしの方がどんなにリラックスできていたかしれないので、もしも二人暮らしに戻ってアンナをひとり暮らしさせても鞠子が幸せになれるというのなら二人暮らしに戻りたい、というのが正直なところだ。

ただ、「『仕事をしているのだから、家ではリラックスさせろ』というのは男の暴論だ」という考えが最近の小太郎には湧いてきている。リラックスさせることだけが家の機能ではない。「多少の緊張があっても、幸せになれるはずだ」と思う。これまでの長い歴史の中で、多くの女性が仕事をしたあとに家に帰ってきて、お姑さんとの間に緊張を感じながらも、自分なりの幸せを見つけて、人生をまっとうしてきたのだ。男にだって、できることに違いない。

アンナはアンナなりに葛藤しているし、鞠子はアンナと小太郎に精一杯の心配りをしてくれている。小太郎も、二人に対してできることを探り、楽しく暮らしていきたい。そして、自分自身の満足度も上げるため、仕事以外の自分の生活を充実させることに自分で努力していきたい。

「稼いでいるのだ」とおごることなく、家族に対してフラットに接するのだ。生活費を渡す見返りとして、「自分を労《いた》われ」と妻に迫るのはおかしなことだった。自分で自分を幸せにしていかなくてどうする。

「働かざるもの、食うべからず」という父親の教えから、小太郎は自由になった。

家に帰ってから、硯《すずり》に墨汁を注ぎ、筆をとって、「働かないものも、どんどん食べろ」と半紙に書いた。そして、自分の仕事部屋の壁に貼った。

腕組みをして、自分の文字をじっと見つめる。

そのあと、机の引き出しから白い葉書を一枚取り出し、再び筆を手にした。夕日の絵と、「僕も絵手紙を始めたいです」という文字を葉書に書き込んだ。それから、今度は絵の具と絵筆を出して、夕日を橙色に塗った。

少し逡巡してから、切手を貼った。やはり、直接渡すのは照れくさい。

「ちょっと出かけてくる」

小太郎は葉書を肩掛けカバンに入れ、台所で夕食の準備をしている鞠子に声をかけた。

「え？　どこにさ？　コンビニだって、まだできていないのに」

鞠子はレースの付いたエプロンを着けたまま、ひょこっとドアから顔を出した。ここから歩いて十分ほどのところにコンビニが建設中だ。これまで嬉野にコンビニがなかったのは、不便ではあったが、都会に住む人たちに話すネタになるし、不便さを楽しんで「本当の豊かさとは」という考え事に耽《ふけ》れるし、むしろ嬉野の長所だった。それなのに、半年後にはとうとう嬉野初のコンビニができてしまうのだった。

「ちょっと、散歩がてら、……野暮用を果たしに」

小太郎はもごもご言って靴を履く。

「ふうん」

いぶかしげな顔をしながら、鞠子は戻っていった。小太郎は玄関を出て、薄暗いあぜ道を歩いた。そうして、ポストに葉書を投函し、月を見上げながら家に戻ってきた。

一週間ほどの間、アンナは何も言ってこなかった。でも、ある朝、郵便受けにアンナから小太郎宛ての絵手紙が入っていた。小太郎がアンナに送った絵手紙の返信だ。赤紫色のツツジの絵の横に、「絵手紙サークルを作りましょう」と墨で書いてある。

小太郎はその葉書を持って「アンナの趣味の部屋」へ行き、引き戸の横の壁をノックした。

「はい」

アンナが引き戸を開けた。

「これ、ありがとうございます。絵手紙サークル、作りましょう。僕とアンナさんと鞠子の三人から始めましょう」

小太郎は葉書を高く上げながら言った。

「じゃあ、公民館にポスターを貼らせてもらって、もっと人数を募りましょうか？」

アンナは答えた。


そうして、その勢いで小太郎とアンナはポスターを制作した。A4のコピー用紙に、いびつな形のナスときゅうりとひまわりを絵の具で描き、その上に大きく「一緒に絵手紙を描きませんか？　下手でいいんです」と墨で書き、「ご興味のある方は、こちらの番号にご連絡ください」と小太郎の携帯電話の番号を小さく添えた。

「明日にでも、公民館へ行って、貼ってもらえるように頼みましょう。コピーして、農協にも持っていってみましょうか？」

小太郎が提案すると、

「そうね」

アンナははしゃいだ声で頷き、手を叩く。

「何をやってんの？」

鞠子がドアを細く開けて、片目だけでこちらをじっと覗いていた。

「うわっ、怖いなあ」

小太郎が両手で自分の肩を抱いて震えてみせると、

「二人で何をこそこそ相談しているの？」

鞠子は片目のままで低い声を出す。

「絵手紙サークルを作ることにしたの。鞠子も入りなさいよ」

アンナが手招きすると、

「入るけれども、私は協調性がないよ。あと、数年前、私が絵手紙を始めたとき、小太郎は『ちゃんとした先生について、教わった方がいいんじゃないのかなあ』ってアドヴァイスしてきたでしょう？　それなのに、今回は先生を呼ばないで、自分たちだけで適当にやるつもりなの？」

鞠子は冷たい声で疑問をつきつけた。

「協調性がないのは、構わないよ。会社じゃないんだから、利益を求めずに、だらだらやったり、ときにはケンカしたりすればいいさ。『先生にご教授願った方が良い』っていう考え方については、ごめん、撤回する。確かに、僕は最初はそう思っていたんだ。でも、趣味っていうのは、上手くならなくてもいいんだろ？」

小太郎は答えた。

「……つまり、小太郎も趣味をやりたくなったの？」

鞠子は根本的なことを尋ねてきた。

「そうだよ。働かない人も社会に必要だ、働かない時間も人間に必要だ、と考えを改めたんだよ」

小太郎はこくこく頷いた。

翌日、三人は公民館へ赴き、事務所で承認のハンコを押してもらってから、掲示板にポスターを貼った。

「なんだか、散歩の趣味が高じて、嬉野まで来た感じだなあ。遠くまで来たなあ」

鞠子が頭の後ろで腕を組んで、ポスターをしげしげと眺める。

「結婚を決めたときは、こんな暮らしになるなんて予想だにしていなかったよ。『主婦としての鞠子を、働いている自分が守っていくんだ』っていう決意だったからさ」

腰に手を当てて、小太郎は言った。

「今だって、稼いでいるじゃんか」

鞠子は小太郎の顔を見た。

「そうだけれどね、主婦っていうのは、守ってあげるべき存在ではないんだなあ。……うーん」

小太郎はノビをした。

「そうだ、このあと、散歩がてら畑に寄っていきましょう。サヤエンドウができているかもしれない。新タマネギも。ソラマメも、もしかしたら、ミニナスも」

アンナが市民農園のある方向を指差す。

「そうしよう。収穫して、天ぷらを揚げよう。私がこないだ陶芸で作った大皿に盛ろう。それを見ながら絵手紙も描こう。野菜を季語にして、俳句も詠もう」

鞠子がにこにこと提案する。

「ふふ。いびつな野菜だから、絵手紙らしくなるね」

アンナが肩をすくめて笑った。

「そう、そう。私が絵手紙を始めたとき、銀行帰りの小太郎にスーパーへ寄ってもらって、いびつな野菜の購入を頼んだんだけどね、まっすぐな形の野菜しかなかったらしいんだよね。他の趣味に寄り道していたら、とうとういびつな野菜に辿り着けた。趣味をいろいろやっていると、繋がってくるね」

鞠子は片頬を押さえ、数年前を懐かしむ。

「そうして、その徒然《つれづれ》を小説にしてもいいしね。もしかしたら、仕事と趣味も繋がっていて、分ける必要はないのかもね」

小太郎も賛同した。

空は青く、雲は白い。山の稜線《りょうせん》はゆったりと空と地を分ける。茶畑には背の高い防霜ファンが立っている。これは霜の被害が及ぶのを防ぐ送風機で、暖かくなってきた今は回っておらず、キリンのように静かに茶畑を見下ろしているだけだ。新茶を刈り取ったあとの茶樹にはまた新しい芽が出てきており、美しい黄緑がかった緑色をしている。うねうねと広がる茶畑はまるで海のようで、小太郎は新しい航海に出たくなる。舵を切りたくなる。

市民農園に向かって、てくてくと茶畑の横の道を進む。土埃《つちぼこり》が舞い上がる。三人を十の匂いが包む。蝶々が二匹、戯れながら飛んでいく。

「あら、黄色い蝶々だ」

アンナがそのひらひらを指差した。

山崎ナオコーラ（やまざき・なおこーら）

一九七八年、福岡県に生まれる。國學院大學文学部日本文学科卒業。

二〇〇四年、会社員をしながら書いた「人のセックスを笑うな」で第四十一回文藝賞を受賞し、作家活動を始める。

著書に、小説『人のセックスを笑うな』『浮世でランチ』『カツラ美容室別室』『ニキの屈辱』『昼田とハッコウ』『ネンレイズム／開かれた食器棚』『美しい距離』（島清恋愛文学賞受賞）『偽姉妹』のほか、エッセイ集『指先からソーダ』『かわいい夫』『母ではなくて、親になる』などがある。

目標は、「誰にでもわかる言葉で、誰にも書けない文章を書きたい」。

本書は、「しんぶん赤旗」の連載に大幅に加筆・修正したものです。

趣味《しゅみ》で腹《はら》いっぱい

二〇一九年二月一八日　初版印刷
二〇一九年二月二八日　初版発行

著者　山崎ナオコーラ
装幀　名久井直子
装画・本文イラスト　ちえちひろ
発行者　小野寺優
発行所　株式会社河出書房新社
〒一五一－〇〇五一
東京都渋谷区千駄ヶ谷二－三二－二
電話　〇三－三四〇四－一二〇一（営業）
〇三－三四〇四－八六一一（編集）
http://www.kawade.co.jp/
組版　KAWADE DTP WORKS
印刷　株式会社暁印刷
製本　大口製本印刷株式会社

Printed in Japan
ISBN978-4-309-02778-4

河出書房新社 山崎ナオコーラの本

YAMAZAKI NAO-COLA

人のセックスを笑うな

19歳のオレと39歳のユリ。恋とも愛ともつかぬいとしさが、オレを駆り立てた……映画化もされた、せつなさ100％の恋愛小説。選考委員絶賛の文藝賞受賞作。

浮世でランチ

私と犬井は中学２年生。学校という世界に慣れない２人は、早く大人になりたいと願う。14歳の私と25歳のOLになった私の“今”を描き出す、文藝賞受賞第一作。

河出書房新社 山崎ナオコーラの本

YAMAZAKI NAO-COLA

カツラ美容室別室

こんな感じは、恋の始まりに似ている。しかし、きっと、実際は違う——カツラをかぶった店長・桂孝蔵の美容院を舞台に、恋と友情の微妙な放物線を描く話題作。

指先からソーダ

誕生日に自腹で食べた高級寿司体験、本が“逃げ場”だった子供の頃のこと……書くことも読むことも痺れるほど好きな著者が贈る、微炭酸エッセイ。